國球的眼淚

秀霖 著

【推薦序】夢想的追尋與迷惘／既晴

「任何光鮮亮麗的外表下，背後一定有著不為人知的辛酸血淚。」

這句話雖然只是主角加入職棒後的深刻體會，其實也一針見血地點出了棒球運動對台灣的長遠影響。暫且不論早在日治時代，做為殖民地的台灣，即曾經參加過日本高中聯賽的最高殿堂甲子園，擁有極為傲人的悠久歷史，棒球運動更是台灣逐漸因為中國崛起、被全球的政治版圖排擠的邊緣化過程中，用以展現全體人民團結、尊嚴、慰藉的精神象徵。

然而，在滿天飛舞的彩帶、滿櫃耀眼的獎盃下，棒球運動反而成了投機淘金者眼中的美味肥肉。當職棒聯盟成立以後，球員、球迷們原以為就此能夠為台灣棒球樹立良好的環境，卻想不到在興奮吶喊、激動落淚的加油聲後，其實完全是以龐大金錢早就寫好的既定劇本。

尤其在台灣的職棒運動發展二十年以來，已經發生數次地下賭場勾結球員的假球案，更是讓殷切期盼的熱情球迷們大受打擊。許多業界人士也無不針對這種現象提出各項建言，例如改善球員薪資結構、政府設立專責機構、強力掃蕩地下賭場、正式發行運動彩券等等，但無論是何種作為，至今仍舊沒辦法讓職棒揮去陰霾，脫離愈陷愈深的泥淖，反倒更擴大了涉賭弊案的層級，對職棒造成更致命的傷害。

如是惡性循環的僵局，不禁令人極欲探究「職棒究竟是出了什麼問題？」之謎。

推理作家秀霖，曾經對短篇推理進行過各種嘗試，例如歷史推理〈淒月〉、結合靈異故事的〈鬼鈴魂〉、社會寫實推理〈第九種結局〉等作品，寫作取材範圍相當廣泛，拓寬了以往台灣推理專注本格解謎的框限，加入了多重逆轉、強調意外性的個人風格，這在他先前出版過的單行本《謊言》，已能看出他集大成的出色表現。

而本書《國球的眼淚》，更是秀霖的首部長篇推理，則更是透過幾位球員、教練的描寫，以虛實交錯的手法來詮釋台灣棒球的現狀，並且結合推理寫作技巧的優異作品。

取材自現實世界發生的事件，並且融入作者自行創想的虛構情節，除了必須進行詳細的考證工作以外，更重要的是如何篩濾繁瑣龐雜、負載過多細節的各項資料，設法整合成流暢洗鍊、充滿可讀性的曲折敘述，有別於田野調查般的資料整理，是這類作品的最大課題。

此外，若更進一步想要融合推理謎團，甚至加上不可能的犯罪，當然更是超乎尋常的艱難關卡。想不到，這些精采絕倫的處理技巧，竟然全都在《國球的眼淚》中見識到了。

以棒球選手的奮鬥、歷練過程為主軸，教練、媒體記者為配角，輔以真實背景，《國球的眼淚》呈現了栩栩如生、充滿了理想與現實拉鋸角力的棒球業界，既紀錄了原本擁抱夢想的選手們，在現實處境的壓迫下逐漸墮落、沉淪，在另一方面，也透過少棒選手們的努力過程，暗示著夢想仍舊沒有放棄實現，讀著讀著，很容易令熟悉棒球運動的讀者，產生熱切的共鳴。

在故事的架構方面，以棒球的局數來做為章節的分段，創意十足，並配合棒球術語來點出各章關鍵，一語雙關，不時充滿令人喟嘆的絃外之音，也讓作品的包裝更富魅力。特別是本作中全部採用自述觀點，娓娓道出球員心聲，情感洋溢，平淡中可見熾熱的真性真情，在台灣推理創作中實屬罕有。

也許《國球的眼淚》最後並未解決「職棒究竟是出了什麼問題？」之謎，但我很確定，經歷過職棒簽賭的風風雨雨，關於棒球這項運動的奮戰精神——「縱使兩人出局，也絕不放棄」——《國球的眼淚》已經做了深刻的詮釋。

【推薦序】台灣最棒的棒球推理小說／陳嘉振

這一切，都是從鐵嘴主播的這句話開始，「我剛剛查了一下資料，發現秀霖還沒出版過長篇單行本。」

不久，我們看到了秀霖的這本長篇棒球推理小說《國球的眼淚》。

∽背負遊龍的創作者

在棒球界，有為人津津樂道的「一朗傳說」，無獨有偶，在推理界也流傳著一段「秀霖傳說」，摘錄幾則如下：

（1）三參賽三損龜是基本，有時三參賽五損龜，甚至七損龜。

（2）秀霖一出現在海邊，沙灘上的烏龜都會以跑百米的速度躲進海裡。

（3）在按下傳送鍵把稿件投遞過去之後，不到五秒鐘，收件匣裡就收到主辦單位寄來的落選通知。（據說最快紀錄3.8秒，故秀霖又有「3.8秒男」的稱號）

（4）有時徵文比賽主辦單位官方網站一貼出徵文辦法，就隨即宣佈秀霖落選。

（5）連用兩個密室詭計是今晚要去吃「四海遊龍」的暗號。
（6）「四海遊龍」一度想要邀請秀霖擔任廣告代言人。
（7）據說是推理界被「陳品穎」拒絕最多次的人，同時也是跟「蘇逸芬」傳誹聞傳最久的人。

也就是跟棒球界一朗有著類似的傳說，所以由秀霖來寫棒球題材的推理小說真是再適合也不過了。

台灣棒球的縮影

正如同日本推理作家馳星周描寫台灣職棒生態的推理小說《夜光蟲》那樣，簽賭放水似乎是台灣職棒永遠揮之不去的噩夢，而這個題材也沒有意外地成為了《國球的眼淚》的描寫重點。

但是，除了簽賭放水之外，台灣棒球的弊病還不僅於此：教練為求戰績猛操選手（某些選手不是天天X，就是先發後援兩頭燒）、球團美其名為共體時艱，實際上則是苛刻至極的經營思維（跟美日韓職棒相比，國內球員低得可憐的薪資）、聯盟制度的守舊落後（領隊會議、離隊同意書這些獨步全球的荒謬制度）……等等，而這些也都在秀霖的這本《國球的眼淚》當中被提及描述，彷彿我們可以從此書一窺台灣棒球界的縮影。

這本《國球的眼淚》或許不是台灣最好的推理小說，但它極有可能是台灣以棒球為題材、表現最為傑出的一部推理小說。我相信只要是「喜歡棒球、熱愛棒球，沒有棒球就吃不下飯，就睡不著覺，甚至就活不下去的棒球癡、棒球狂、各位球迷朋友們」，一定會喜歡這本細膩刻劃台灣棒球生態的作品。

東野圭吾作品般的深度與筆觸

如果以推理小說的角度來看，《國球的眼淚》這部作品的謎團密度或許稍微單薄了點，但是若用更深入精準的角度去探討切入，可以發現不刻意強調詭計謎團的手段，讓《國球的眼淚》的整體表現反倒更為秀異傑出，就猶如日本推理小說名家東野圭吾筆下的作品那樣。

喜愛日本推理小說的讀者，對於東野圭吾這位作家勢必不感到陌生，即便早期他是以本格推理《放學後》出道，但是隨著東野圭吾寫作經驗的累積與人生體悟的增長，他的作品漸漸捨棄掉華而不實的詭計謎團，專注在人心深處的情感與人際關係互動的描寫，這樣的寫法不僅頗具魅力，同時也消弭掉推理小說給人過於遊戲化的詬病。

想當初我在閱讀《國球的眼淚》的過程中，就不時聯想到東野圭吾，平實流暢的筆觸精準地刻劃出人性細微的輪廓，在在顯示出作者秀霖日益增進的寫作技巧與實力。

更難得的是，《國球的眼淚》當中對於台灣棒球生態的描寫真可謂入木三分，塑造出的情境完全不見斧鑿痕跡，倘若此書是在我不知情的狀態下讀到，我還會以為是某位曾涉嫌放水簽賭的基層棒球教練，在萬般悔恨下寫出這部作品，闡述那段日子做過的荒唐事跡，藉此來彌補自己犯下的錯誤，同時尋求自我的救贖。

由於筆者對於棒球的喜愛，以棒球為題材的推理小說也在我的寫作計畫當中，也就是如此，看完《國球的眼淚》的當下，筆者心中滿是激動與感慨，因為我知道《國球的眼淚》將是台灣以棒球為題材的小說當中一道難以跨越的障礙，同時更是一部令人讚嘆的經典，在此推薦給每位棒球迷。

【推薦序】我也流下了國球的眼淚／愛米粒

第一次想去現場看棒球，是因為看了電影「當哈利碰上莎莉」。哈利和朋友相約去球場，他們邊看棒球，邊討論著男女關係。那時我才知道，原來在美國去球場看棒球就像去電影院看電影一樣簡單，一樣生活化。

雖然我不是狂熱的棒球迷，但從台灣有了職棒之後，總也想像自己像美國人一樣，下了課、下了班之後，會跟朋友相約去看棒球，買張票，拿著加油棒，帶著可樂，走進球場。但前幾年的職棒簽賭案，嚴重打擊了職棒的發展。

當我看到秀霖的作品《國球的眼淚》，感觸很深。台灣的棒球，被大家公認為所謂的「國球」，但記錄了我們的棒球的作品，卻是少之又少。以棒球為主題的小說，更是寥寥可數。

《國球的眼淚》，從杜哈亞運賽作為開幕，然後以棒球的局數和每局的賽事狀況呼應了每一部份的情節發展。小說中間發生了難解的命案，使得整件事錯綜複雜了起來。秀霖運用了豐富的棒球知識，試著去揣摩從小熱愛棒球、立志成為棒球球員的心情，並將內容加入了推理和簽賭疑雲的元素，造就了這部貼近讀者生活記憶的棒球推理小說。老實說，初次閱讀時我有被小說中那平實流暢的文字給感動到落了淚，因為內容講的就是我們的棒球。而最近沸沸揚揚的職棒簽賭案，更讓我想起了閱讀《國球的眼淚》的經驗，不禁又流下了淚來。

先前讀到一篇關於台灣早期的運動小說創作，陳恆嘉先生的〈一個球員之死〉。台灣的運動小說一直是很弱勢的小說類型，不光是本土的創作非常稀少，甚至是從國外引進的翻譯作品也是很少。一九七〇年代創作的〈一個球員之死〉，是台灣相當早熟的運動推理小說。但從〈一個球員之死〉到二〇〇八年張啟疆的《球謎》，到現在的《國球的眼淚》，發展了將近五十年台灣的運動小說，卻還是像根小草一樣缺乏養分，緩慢成長。

台灣的類型小說創作，不管是運動小說、推理小說，甚至是結合兩者的運動推理小說，都努力在這個競爭激烈的市場持續成長著，期待他們會盡快長成大樹。

（本文作者為愛米粒出版社總編輯莊靜君）

【作者再版序】

聚精屏氣、凝神祈禱與激情吶喊、忘我嘶吼，相信這都是到過現場欣賞棒球比賽的難忘經驗。因為喜歡棒球，熱愛棒球，甚至是為了棒球國際賽事而翹班、翹課，相信在台灣這片土地上，同樣為棒球癡迷的人絕對不在少數。一年又一年的國際賽事，尤其許多在台灣舉辦的精彩比賽，那種滿場同心為中華隊加油的場景，永遠都是那麼令人動容。

遙想這本《國球的眼淚》初稿完成於二〇〇八年三月，當時正值奧運八搶三資格賽，在前一晚觀看中加之戰，對於那場比賽一分飲恨的氣憤與加拿大隊囂張的氣燄，讓人忍不住當晚深夜直奔便利商店，毫不猶豫購買了隔日遠在雲林斗六的比賽門票。雖然瘋狂但也幸運，買到了最後所剩不多的幾張外野全票。就這樣連回程的方式都還沒想好，隔天直接請假從台北殺到雲林現場為國手們加油打氣。近在眼前的選手美技，全場熱情的吶喊，還有那鼓舞士氣的大國旗，至今回想依舊撼動人心。最後不但完封了勁敵澳洲隊，順利晉級北京奧運，也讓人看到了台灣棒球的無限希望。

這本《國球的眼淚》後於二〇一〇年正式出版，在完稿後及準備出版期間，更有幸承蒙皇冠百萬作家既晴、人氣愛情小說作家藤井樹、知名棒球主播徐展元、棒球部落格作家米果、資深出版人愛米粒及推理作家陳嘉振的提攜與推薦，至今仍是由衷感謝。回想當時雖已有中篇小說《謊言》的出版經驗，但這本個人首次出版的長篇作品，竟能有幸獲得如此眾多知名前輩的照顧，想來真是無比幸運。

在這本小說出版後，為履行個人當初許下的願望，也與台東泰源國中呂明璝主任及棒球隊結下了小小的緣份，更是欽佩呂明璝主任為台灣基層棒球的努力及付出。而當時台灣職棒因為一再出現的簽賭假球案，已讓職業形象跌落谷底，更在台灣棒球國際賽事不順及聯盟球賽進場觀眾驟降的雙重打擊下，於此危急存亡之秋時，黃鎮台前會長臨危受命，接下了中華職棒大聯盟的會長重擔，上任後也針對台灣職棒多年來的積習弊病進行大力改革，這真的讓所有日日期盼的棒球迷們深受感動。

當時因為看到黃前會長在媒體上數度表示，因為在擔任會長職務前，對棒球完全是門外漢，既然接下這項艱鉅任務，就一定要有所作為，但也不時透露做得很累、也很辛苦，讓人看了非常心疼。那時原本只想動筆寫封信給黃前會長打打氣，剛好想到《國球的眼淚》故事中也整理了一些台灣棒球的多年積習與弊病，便突發奇想將這本書寄給黃前會長，並附上最重要的，為會長打氣的話語。原以為只要能讓黃前會長獲得一點點正面能量就好，哪怕或許根本沒有任何用處，至少我已表達球迷是很支持會長推動改革的心意，想想這件事大概也就這樣過去。

想不到後來某天上午先是接到通知，有間營業規模不小的知名媒體集團子公司老闆，因為自己和小孩一起共讀《國球的眼淚》，都很喜愛這本小說的故事，想要洽談電影改編之事，之後也確實另約時間聊了一整個下午，老闆當場拿著《國球的眼淚》這本書與我聊了很久，甚至還對改編電影的方式有些具體想法。不過即使老闆有這樣的初步構想，但該集團最後並沒有走向跨足自製電影的發展規劃，因此本書改編電影之事最後可惜雖未成行，不過能受到這樣的洽詢肯定，還是讓作者感到相當欣喜。

而就在接到電影改編合作通知的同一天下午，有通不認識的號碼來電，原以為可能會是先前所述那間媒體公司老闆打來，但接起電話後竟是：「你好，我是黃鎮台！」

這通電話真的讓我十分驚訝與驚喜，儘管長年觀看台灣棒球，但作夢也沒想到竟然有天會接到中華職棒大聯盟會長的親自致電，而且還是致謝電話。

在驚嚇之餘，也順道再次親口為黃前會長加油打氣，並且也聊了一下推動台灣棒球發展或許可以再更加精進的一些小期許。黃前會長對球迷的聲音如此重視，讓我更確定這個會長真的非常不同，果然後來也真的做出很多前所未有的亮眼成績，至今仍讓棒球迷們懷念不已。

誠如人氣愛情小說作家藤井樹老師，當初推薦《國球的眼淚》這本書所贈予的推薦短語所言：「棒球對許多台灣人來說，已經不只是棒球了！」當初寫作這本《國球的眼淚》，最大的動機就是因為對台灣棒球充滿了濃厚的情感，一直想為台灣棒球盡點小小的心力，後來也真的藉由此書圓了兒時以來的夢想。不過也因為這本書的問世，進而與許多同樣愛好台灣棒球或是志同道合的前輩及朋友們結緣，算是意想不到的豐富收穫，也是人生中難忘的珍貴回憶。

最後，依舊期待台灣棒球能持續蓬勃發展，繼續在國際舞台上發光發熱！

◎開幕

二零零六年十二月七日，杜哈亞運棒球場——

「這球揮棒打擊出去，穿出去啦！追平分回來啦！致勝分！致勝分也回來了！中華隊贏啦！中華隊贏啦！」

亞運棒球冠軍賽和日本隊鏖戰九局，一路上互有勝負，形成你來我往的打擊戰，九局下半落後一分的中華隊，一出局後攻占一壘，靠著四棒陳金鋒二壘安打，形成二、三壘有人的緊張局面。緊接著輪到前幾次表現不理想的林智勝，原本教練團考慮起用代打，但在林智勝本人的請求下，教練團決定再給予一次機會。果然將士請命不負所望，擊出逆轉致勝的再見安打，打得日本年輕投手當場在投手丘上泣不成聲。中華隊終於拿下隊史上的首座亞運金牌，所有隊員全都從休息區衝了出來，團團擁抱慶賀。不僅僅是場內的球員，場外的觀眾，甚至遠在千里之外的台灣球迷也都為了這一刻激昂不已，深深感動。

或許有人說，這次亞運日本派出的陣容並不是最強，甚至可以說大部分是業餘的社會人隊所組成，以中華隊的精英成員來說，本來就應該要拿金牌。然而這一路上的過關斬將，看到的卻是中華隊不屈不撓的奮戰精神。對棒球發展比較先進的國家來說，也許這些都算不了什麼，但對一個政治紛擾不安，族群不斷分化，而在國際舞台上又不斷受到打壓的台灣來說，棒球絕對是一個凝聚全台灣，非常具有象徵意義的體育競賽項目，甚至從以前就一直是台灣人精神希冀之所在。一次又一次的國際賽，無論接觸棒球資歷的長短，無論男女老少，全都被這顆國球所深深感動，甚至是流下了感動的眼淚。

◎一局上半　出擊

「李君風教練，以前那件事對你造成的影響有什麼想說的嗎？」

眼前的這名女記者，突如其來的一句話讓我非常反感，我有點後悔答應接受採訪。

看到我頓了一下，這名女記者發現自己的失言，趕緊開口：「啊，對不起！我不知道該怎麼開頭訪問，所以問了一般同業最常問的問題。」

新手記者顯得相當緊張，看得讓人覺得有些同情。這也不能完全怪她，因為這個問題確實是一般人看到我都會有的正常反應。

「真的很抱歉，我想我們還是先聊一下，對於這次能夠晉級區域冠軍，李教練有什麼感想吧！」女記者語帶歉意，對於她剛剛的冒失提問，也許比我接受訪問還要後悔吧！

我向來不喜歡和人接觸，也許因為長相的關係，從小就一直不是非常顯眼，甚至說是有些其貌不揚。方正的四角臉型，細小的眼睛，怎麼看都是一副精神不振的樣子，雖然不至於讓我交不到朋友，但也總是讓我成為毫不顯眼的人物，當然也一直都不怎麼有異性緣。外表的緣故，讓我多少有些自卑，和內向的個性相為呼應，我也非常不擅言詞，儘管隨著年紀的增長，講話技巧是有不少改善，但現在眼前面對的，卻又是如此亮麗的女性。

當初之所以會答應接受採訪，其實也是迫不得已，因為自己領軍的少棒隊，在全國區域大賽中破天荒取得晉級資格。以一支成軍不到四年，名不見經傳的球隊來說，確實是跌破眾人眼鏡，所以才會引來一些平面媒體的好奇。

一開始也是相當排斥，然而平時正經八百的總教練對於這種事，反倒是沒有任何意見，直接讓我這個身為助理教練的人自己作主。個性向來相當低調的我，當然不可能接受，但卻在總教練的鼓勵下，希望我能學習面對媒體的得宜進退，好在以後帶領球隊方面能夠獨當一面，我也不得不勉強接受。

儘管如此，面對前來練習場訪問的媒體記者，還是以相當篤定的口吻一一回絕，就連現在眼前的這名女記者也不例外。想想活到現在，年齡都超過二十五歲了，個性還是如此彆扭，連自己都有些厭煩。但人的個性本來就不是那麼容易改變，如果真的那麼輕而易舉，我想我現在應該不是在球場邊當著助理教練。更何況，只要一碰到媒體，就一定會提起那些事情，這點真的讓我百般無奈，哭笑不得。

「李教練？」

女記者小聲提醒了一下，這才使我回神過來。

「抱歉，剛剛陳小姐的那句話，讓我陷入了一些回憶。」我笑了起來。

見到我罕見的笑容，陳小姐緊繃的神情這才跟著放鬆下來。

一般記者經過我相當不友善，甚至更可說是堅定的回絕後，都會摸摸鼻子走人，唯獨這位陳小姐，即使受到拒絕，還是繼續留在練習場外，靜靜看著我們一整個下午的練習。一次、兩次，來了很多次以後，真的讓我也開始有些不好意思。最後深深打動我的，卻是她所擁有的幾張陳年職棒球員卡。

陳薇芳小姐，年紀大約二十出頭，小了我至少三、四歲，留著一頭簡潔的短髮，和體型高大的我相比之下更顯嬌小。講話語氣總是充滿幹勁，但相對而言，卻又常常出現不經大腦的驚人詞句。經過她簡略的自我介紹，得知她才剛從新聞系畢業，隨即投入新聞媒體業的平面記者工作，而今能夠專跑她最喜歡的體育新聞，即使還是只能先從一些地方小新聞做起，對此她本人還是顯得相當高興。

以前不是這樣的！對於面對媒體慣常出現的反感，我心中突然冒出這一句反駁的話語。以往雖也很少公開發表言論，就算每次受訪總顯得木訥、生硬，但至少都還能坦然面對，現在卻只是將媒體拒於千里之外。

球場內的小朋友們還在大太陽下辛勤練球，總教練也在場內大聲斥喝著。稍微抬頭望了一下天空，是如此晴朗無雲，要是我的心境也是如此澄淨就好了！

遠眺過去，左外野區後方樹木叢生，緊連著一片森林，充當著全壘打牆，而右外野則是一望無際的草坪。以一個標準的棒球場來說，這裡的設備算是非常簡陋，草坪總是有一塊沒一塊的，對場上的選手來說，可說存在著某種程度的危險因子。但能夠在學校附近有這樣一塊山腳邊的空地，做為學校校隊的練習場地，已經算是非常幸運。在都市裡的國小，根本不可能找到這麼寬敞的空間，可以說是偏遠國小的特殊優點。

眼前的薇芳小姐正專注地等待我的答覆，想想她能夠從比賽球場一路追蹤到我們這麼遙遠的國小來，也確實相當不容易。

仔細端詳下來，她有種不同於以往遇到那種受過「專業」訓練，口齒伶俐、尖酸刻薄的媒體記者，雖然先前也會脫口而出常見的尖銳提問，但還是給人一種神經大條和誠意十足的安定感。

「我想這次我們青苑少棒隊，能夠晉級區域冠軍，爭取出國代表權，除了機運以外，更重要的是小選手們的求勝心和默契，還有老教練徐景坤的戰術應用得宜。」

關於我這段話，其實真的非常可笑，但我也想不到什麼更模糊的敷衍台詞。成軍不到四年，要說求勝心，前兩年在首輪預賽就慘遭對手大比分淘汰，所以今年可以說打從一開始根本沒有想過；默契的話，初賽時單場失誤還不算少，只是前幾輪對手的失誤更多，後來是有漸入佳境，或許這點還稱得上是獲勝理由；至於老教練的戰術，在預賽中，幾乎都是大比分打贏對手，用到的戰術其實不多。

真正要說今年為什麼能變那麼強，除了前幾年的幾個投手進步以外，更重要的是，今年出現一個天才型的重砲手，短短幾場預賽，就敲出數支全壘打，打擊率更是高得嚇人，帶動整隊的進攻士氣，也帶給了投手很大的穩定感，或許這點真的是今年異軍突起的最大關鍵。

但我還想到另一個更重要的原因，就是這次比賽是韓國知名企業所主辦非正規的亞洲邀請賽，取得全國冠軍的少棒隊伍能夠獲得前往韓國首爾的代表資格賽，條件聽起來雖然誘人，不過由於預賽時間和許多更為有名的正規少棒比賽互相衝突，一些實力堅強的名校為了保留戰力，都沒有出隊參加，連前兩屆的冠軍隊伍也不知為何沒有參賽，也許這才是我們學校能夠出頭的另一項重要因素。

「李教練，怎麼那麼客套！明明就是你們學校出了一個怪物打者吧！」薇芳直言不諱道出事實。

確實，不僅僅是她，甚至連外行人應該都看得出來，這次我們球隊出現難得一見的奇才。

那名怪物打者叫做賴振益，給人的第一印象，會覺得是個脾氣很拗的古怪小孩，或許因為長相的緣故，不笑的時候總給人有種生氣的錯覺，在球場上製造出來的霸氣，確實效果十足，但私底下相處下來，卻是個乖巧的小孩。可惜他轉來我們學校的時候已經是國小五年級，先前只聽說在原來的國小常打棒球，不過都是娛樂性質，那裡並沒有正式校隊，所以也沒受過什麼正規訓練。以國小同年齡而言，身高超過一百七十公分，確實非常突出。壯碩的體型，驚人的臂力，非常適合訓練成重砲手，也就是當家第四棒，不過他本人卻對擔任投手較有興趣。

關於這點，在國小棒球隊也是一個很常見的頭痛問題。姑且不談旅美好手「王建民」所造成的效應，在我那個年代，只要是小朋友打棒球時，每個人第一個想當的都是投手。投手不可或缺的搭檔捕手，反倒是大家相對不願意選擇的守備位置。在國內的少棒中，通常都是條件較差的人，才會被派去當捕手，因為小朋友都不會喜歡需要長時間蹲捕，又容易被衝撞，或被球打到的守備位置，更何況一旦投手有好的表現，捕手的功勞通常都會被忽略。每個人都有強烈的表現欲，成年人礙於現實或是各種因素，或許還會有些禮讓，但在坦率的小朋友世界裡，投手可就形成搶破頭的尷尬局面。

還好這種情形在正規的棒球隊裡可以遏止，因為還有教練這號人物的存在。教練的職務之一，就是替選手們找到適合的守備位置加以訓練。在少棒中，不同於心智較為成熟的青少棒和青棒，教練心理輔導與諮商的功能，就扮演著相當重要的角色。

「確實，賴振益這名選手的資質非常不錯。」看著球場上的振益架式十足，並埋首於打擊練習，我感到相當滿意。同儕間給他取了個綽號叫做「癩皮狗」，我想他本人應該很不喜歡吧！不過國小小朋友本來就很喜歡拿別人的姓名來開玩笑，如果本人不適時阻止，搞不好這綽號會跟著他一輩子。

「能不能多說一些關於振益的背景？」薇芳順勢拿起錄音筆，頗有資深記者架式。

「振益啊——」我苦笑了一下。「他去年才從其他學校轉來，以前只是放假時偶爾和朋友打打棒球，沒受過什麼基礎訓練。他和我可以算是同期的吧，我也是去年才到這間國小來兼任助理教練！」

說到會來這間學校擔任助理教練，還可真得感謝我青少棒時期的教練徐景坤老先生。

薇芳點點頭，接著繼續問著：「聽說他本人原來想當的是投手？」

「確實，以一名比較沒受過基礎訓練的選手來說，直接從投手切入是最快的，而且他本人也表示以前當投手的機會比較多。以他的身材優勢來說，很適合當一名投手，不過我考慮到他算是一半才加入我們青苑少棒隊，投手的位置競爭本來就很激烈，如果一開始就沒有很出色的表現，可能到他畢業都還是板凳球員。當初會訓練他成為外野手也算是一項賭注，以他體型優勢來說，專注在打擊上也許能有很好的發揮，而他本人後來也接受我的建議。我只能說他先天就有驚人的臂力，再加上自己的努力，才有今天的成果。雖然有很多細節和基礎仍舊需要改進，不過以只受過一年正規訓練而言，他真的算是非常優秀了，而且未來繼續進步的潛力還是非常看好。唯一感到遺憾的是，他打完今年的比賽就要畢業了。」

我一口氣說了一大段話，或多或少還帶有一種識得千里馬的自豪感。

「那對於吳俊龍的看法呢？」

「嗯，他算是我們隊上正宗王牌投手，以國小生來說，可以投到一百公里以上的球速，已經算是非常快的。雖然沒有正式測過球速，不過我和總教練都認為，也許俊龍可以投到接近一百一十左右，算是非常難得。」

「所以他『火球阿龍』的稱號就是這樣子來的囉？」

「嗯——」我點點頭。「他的前途也是非常看好，不過即使他表現非常優異，前兩年隊友真的很不捧場，不但失誤連連，打擊還熄火得相當嚴重。想要只靠這一名王牌投手取得所有勝利，幾乎是不可能的事。」

才正談論到俊龍的事，在球場邊休息的俊龍也正好朝這裡看了過來。或許在這個陽剛味十足的練習場邊，出現這樣一位女性，即使還是小朋友，也會引起他們的好奇心。

俊龍身高將近一百七十公分，濃眉大眼，皮膚黝黑，輪廓相當深邃，原住民的外型一眼就能認出。他的個性相當豪邁，從國小三年級，也就是青苑少棒隊成立之初，就加入球隊，一路上來的基本功夫相當扎實。今年已經六年級，算一算也是元老級人物，並且還是球隊的上一任隊長。先天傲人的肌力，和場上沉著的應對態度，非常具有大將之風。說實在，以他如此優異的資質，只待在我們這種素質參差不齊的隊伍裡，真的是一種埋沒。並不是因為我們的弱，才凸顯出他的強悍，我想即使是待在傳統棒球名校，他仍然可以輕易爭取到前三號先發投手的地位。

「那麼關於李教練你自己有什麼想說的嗎？還是對於這次的比賽有什麼期許？」薇芳順水推舟，轉移到下一個話題。

「我想對於我自己沒什麼好說的，不過我還是在此感謝徐總教練給了我這個機會，讓我又能夠再次接觸到熱愛的棒球。」

最後一句話才剛說完，我馬上有些後悔，薇芳和我都瞬間沉默下來。兩人心照不宣，始終不敢再深入觸及這個話題，但卻也不知道該再說些什麼。

為了打破這個尷尬的局面，我將目光轉向球場，徐總教練正在場中細心指導著選手們。光禿的頭頂，讓他經常戴著球帽，微白的眉毛，透露著歲月的痕跡，再加上他駝背的身影，也許沒有特別說明，大家都會遺忘掉這名當年技驚四方的棒球國手。隨著時間的流逝，徐總教練的領隊風格已經沒有過去那麼鐵血，但在隊內小朋友的心中，仍具有相當程度的威嚴。而徐總教練對於棒球的熱愛，我真的是望塵莫及，也因為如此，即使現在已經年近七十，仍舊對基層棒球付出無怨無悔的心力。

「那麼對於這次比賽的目標呢？」薇芳的提問再次把我拉了回來。

「嗯——」我停頓了好一會兒，才又繼續說著。「我想我們當然希望能夠拿到冠軍，取得代表台灣出國的比賽資格！不過打到現在能夠晉級複賽，已經是我們隊史上的空前佳績。不管未來成果如何，我希望能在即將畢業的六年級選手身上，留下最美好的回憶。」

雖然我說得比較保守，但我心裡卻是非常希望能夠奪下全國冠軍。以現在隊上的士氣看來，確實非常高昂。許多五年級成績不顯眼的選手，經過一年的磨練，算是練到比較像樣的程度。今年的陣容算是有史以來最為齊全的一次，儘管預賽前幾場比賽，可能因為過於緊張，發生多次失誤，不過比賽本來就需要時間適應，還好一開始遇到的對手比較弱，一場場激戰下來，每個小選手也算是找到球感，表現一場比一場還要搶眼，個人認為非常具有今年的「冠軍相」。

看著場上的小選手們，在徐總教練的口令下，開始集合的動作，我這才驚覺已經訪談了好一陣子。

「啊，李教練，抱歉打擾那麼久！」薇芳或許察覺我的不對勁，也可能發現耽誤不少時間，因此感到有些愧疚。

「啊，沒有這回事，是我自己太多話了！」

「呵！我想時候也差不多，今天真是獲益良多——」薇芳拿起一旁的隨身物。「不管之後戰績如何，我還會再來做更深入的訪談，因為我真的很想以基層棒球為題材，做出完整而深入的報導，讓大家能夠更了解我們的棒球環境。」

這點聽起來確實讓人感動，原以為薇芳只是看準我們今年有可能奪冠，因而預先做了採訪，想不到是為了基層棒球而奔波。從訪談中可以深刻感受到薇芳對於棒球這項運動的熱愛，也許並不是每個記者都是那麼令人討厭吧！

薇芳從隨身物拿出一個有點生鏽的鐵盒子，並小心翼翼取出幾張卡片，看起來本人非常珍惜。

「另外，李教練，我想透露一下，其實這些職棒球員卡，是我學生時代的收藏品，因為我從以前就是死忠球迷！」薇芳指著球員卡上的照片靦腆笑著。

看著薇芳那雙清澈的眼睛，我感到五味雜陳，甚至是有種說不出的苦滋味。

◎一局下半　登板救援

那一刻，只是場漫長噩夢的開端。

如果不是徐景坤教練，我永遠不可能繼續接觸棒球，更別說是後來加入職棒的事了。

小學五年級那年，是我開始對棒球產生濃厚興趣的起點。在這之前總覺得棒球是項危險的運動，更討厭那些在操場丟著「縫線球」的人。而且操場總是一再張貼「禁打棒球」的警告標語，讓我在無形中對這項運動產生莫名的反感。直到那一年無意間看到了中華成棒隊與古巴隊的轉播賽，讓我對棒球全然改觀。最後中華隊拿下了銀牌，舉國歡騰，我也開始迷上棒球，尤其是球場上千變萬化的戰術運用。每次從父執輩口中聽到過去少棒、青少棒與青棒三冠王的光榮事蹟，都會感到興奮無比，恨不得可以親眼目睹那些英雄賽事。

不知道從什麼時候開始，每當下課鈴聲響起，第一件事不是收拾書本，反而是先拿起球棒手套衝向操場占位。即使知道學校規定不能打棒球，但我們這些小鬼想出變通辦法，不打棒球可以，因為我們打的是「紙球」。

所謂「紙球」指的是將一團紙揉成棒球大小，一開始也只是好玩，在操場玩起丟球遊戲。將參與者分為兩隊，雙方距離拉得很遠，持球方將「紙球」丟向對方，如果對方沒有成員可以接住，就算失分。當然雙方為了獲勝，一定會將「紙球」丟得又高又遠，好讓對方難以接到。通常這種遊戲，即使下課時間被耽誤到，剩下僅僅不到五分鐘，還是可以玩得滿頭大汗，非常盡興。

後來大家不能滿足於抛得不夠遠的「紙球」，有人想出改良方式，就是捆上橡皮筋，讓球變得更扎實。確實，這種方式讓球變得更有重心，但仍舊不能丟得很遠。最後，乾脆在捆上橡皮筋的紙球外層再包上一層層透明膠帶，讓整顆球結實起來，變得可以扔得又快又遠。

但「丟球遊戲」玩久了，始終還是無法滿足大家的欲望，有人開始拿起掃除用具的掃帚把柄做為球棒，玩起正規的棒球遊戲。不過掃帚把柄實在過細，很難擊出結實的打擊，所以後來又用月曆紙改良，捲起後用膠帶綑綁，做成球棒的樣子。這下「紙球」、「紙棒」都有了，大家就轟轟烈烈進行起棒球遊戲。一開始分為兩隊後，由於人手不足，常常還沒打到滿壘的時候，進攻方就會沒人可以上場，這時候只能用「隱形人」上場代跑，在壘上的跑者再回到打擊區打擊，現在回想起來，確實還蠻好笑的。

演變到後來，班上參與的人愈來愈多，已經可以正式組成兩支球隊。由於紙棒、紙球很容易消耗，一捆捆膠帶對小學生來說，還算蠻大的花費，最後開始收起會費。一些女同學也大感興趣，在一旁充當觀眾，並做起紀錄的工作，於是「紙」棒聯盟就這樣正式成立，例行賽也就跟著順勢展開。

除了下課十分鐘進行比賽外，那時尚未實施周休二日，因此星期六早上還要上課，下午就是大家進行比賽的主要時間。

還記得那時我在隊上並不是什麼顯眼的人物，直到有次在畢業前夕進行比賽時，我方不知為何幾員主力大將臨時有事沒有到場，前半場比賽被打得很慘。狂失數分後，在無人出局滿壘的情況下，大家決定讓我擔任投手看看。因為我臂力和準度還算不錯，之前我都是鎮守右外野，看起來好似受到重用，但在幾乎沒有左打者的情況下，能打到外野且又剛好是我守備區域的球真的不多，某種形式來說我算是被「冷凍」起來。

在臨危受命的情況下，我接過隊友交給我的球，反正也沒當過投手，就隨便投了起來。

想不到那天不知道發生什麼事，我竟然控球精準無比。原本臂力就算不錯，因此球速也相對很快。就這樣，我直接連投了三個快速球，就把第一名打者三振出局，被三振的同學只能傻眼離去。對於第二名打者還是連投兩個快速球，但第三球我改用慢速球，到現在我都還記憶猶新，那名同學為了要抓第三個快速球，提早揮了個大空棒，被三振後還苦笑抱怨：「幹！你好賊！」

即使被這樣罵了一句，那一刻，我卻還是高興地不得了！在那之前都沒有這種戰勝對方的快意，甚至說是一種征服感。對於從小就有自卑傾向的我來說，真是無比的鼓舞。

第三名打者在我快慢球的搭配下，照樣吃到老K。就這樣，後面幾局打者都在我單調的快、慢球交叉變化下，頻頻吃下三振。

風水輪流轉，我方打擊在後面幾局活絡起來，再加上對方進攻不順，士氣非常低落，導致守備也非常渙散，失誤連連。最後我們這隊順利打了場漂亮的逆轉戰，我也因此一戰成名，成為整個聯盟的王牌投手，「火球阿山」的封號也從那時候開始出現。一開始大家也只是叫好玩，後來不知不覺還被叫成「印度阿山」，不過國小同學本來就很喜歡幫別人取綽號，這個綽號想不到竟然跟了我一輩子，到現在比較親密的朋友都還是會這樣叫我。

就是這場比賽，讓我深刻體驗到棒球的迷人魅力，球是圓的，球棒也是圓的，不管落後多少分，只要永不放棄，都有逆轉的可能。當然，即使領先很多分，只要一個鬆懈，也都可能逆轉整個局面。也就是這場比賽，讓我在心中許下了一個願望：長大以後要打職棒！

在那時受到了棒球奧運銀牌的加持，台灣職棒發展達到鼎盛階段，傳統票房保證的對戰組合更是一票難求。想要觀賞這種傳統好戲，許多人都不得不購買「黃牛票」才能進場。我也是其中的瘋狂球迷，總是在假日，尤其是國定假日時，硬要就讀高中的大哥帶我和弟弟去球場觀看比賽。雖然我知道大哥也很喜歡棒球，卻沒有我來得如此著迷，但由於他對我們疼愛有加，還是會帶著我們去看球賽。弟弟年齡和我比較接近，雖然他也沒有我那麼瘋狂，卻也受到我的影響逐漸迷上棒球，常常有人說我們長得很像，而且安靜的個性也很相近，和比較活潑的大哥形成明顯對比。

我從小就不愛讀書，不管怎麼努力，成績總是沒有起色。不知道是不是因為長相的關係，在課堂上總是不討老師歡心。也許就是這兩種因素不斷惡性循環，讓我對書本總是提不起勁。在課業上得不到任何成就感，讓我逐漸將精力寄託在體育活動，對棒球深深著迷後，更是荒廢課業。

放學回家後，每到了六點二十分，我一定會準時轉開收音機，收聽職棒轉播。隔天到學校還會跟同學在課堂上討論前一日的戰況。當然，老師對這種舉動非常憤怒，好幾次都被叫到走廊上罰站，即使如此，還是趁著罰站空檔，繼續討論下去。有時候討論到沒話題，乾脆和同學玩起「轉播遊戲」，通常這都是在自然課或是美勞課所會出現的自製節目。

由於國小自然課常常需要分組做實驗，或是美勞課做作品時，場面一般比較混亂，因此教室總是鬧哄哄的。因為已經聽過不下幾百場轉播，各隊先發陣容早就背得滾瓜爛熟，甚至連教練團的調度都可以好好模擬一番。就這樣，和同學先挑出兩支比賽隊伍，開始自己進行棒球轉播。從第一局轉播到第九局結束，通常也是課程結束的時候。還記得我總是喜歡編造那種一分差的轉播劇本，讓我同學吊盡胃口，永遠不知道最後結果。現在想想，好像是一件蠻無聊的活動，可是在當時真的覺得樂趣無窮。

對於棒球的瘋狂程度，一直都是有增無減，這也讓我父母非常反感，到後來甚至連收音機都被沒收。當然，我不可能就此罷休，瞞著父母偷偷用自己的零用錢，又買了一台方便藏匿的小型收音機，並在書桌上擺好紙本作業的陣勢，實際上都在聆聽職棒轉播。原本還有心要邊聽轉播邊寫作業，但瞬息萬變的球賽，一下就有變化，根本就不可能專心寫作業。

每當緊張局面，轉播員說出：「這球投出——」，我緊張的心也跟著懸掛在半空中。或是轉播員突然高喊：「這球揮棒打擊出去！非常高！非常遠！」的時候，在不知道落點前的那短短幾秒，總是瞪大雙眼坐在書桌前直視前方，直到結果出現，如果是支持隊伍擊出安打或是全壘打時，都會高興地從椅子上跳了起來；反之，如果是被接殺留下殘壘，都會讓我懊惱地想捶桌子。

即使我能瞞過父母的雙眼，但我這種怪異的舉動，和我感情不錯的大哥，一下就識破我的伎倆。一開始他也是非常生氣，覺得我完全無心在課業上，後來在我苦苦哀求下，大哥才通融讓我一星期可以聽兩到三場比賽轉播。即使如此，我還是會自己「加賽」，躲在廁所多聽了好幾場，雖然那幾場「加賽」聽起來更加躲躲藏藏，行為更為詭異，但我真的忍不住想要知道戰果，有幾次怪異的舉動甚至是嚇到我不知情的弟弟。

就這樣，一直到國小畢業前，在小心翼翼的躲藏下，我覺得父母對於偷聽轉播的事始終不知情，想必對我課業會抱有非常大的疑惑：每天吃完晚飯就開始在書桌前念書，考試竟然還是一蹋糊塗。

還記得那時在畢業前夕，導師要我們寫一篇作文，題目是「我的夢想」。可想而知，我寫的內容一定是成為職棒明星。即使我很清楚要怎麼提筆，但個性內向的我，還是猶豫很久才首次在外人面前透露出自己的願望。我對於當時職棒的戰況瞭若指掌，因此針對自己未來的守備位置、打擊棒次，甚至是想加入的球隊，和自我的體能訓練內容，都詳盡寫在作文紙上。我想這大概是我在那之前所寫過最長、最認真的作文吧！想不到，等到作文發回來時，原本滿心期待的我，卻只看到老師在作文紙上留下「沒出息」三個刺眼的紅字，和一個大大的鴨蛋在旁陪襯。

看到這種情形我真的氣急敗壞，當場差點氣哭，直接在上課中跑出教室。那時候的學制不像現在已經完全不能體罰，我被老師追了回來，並且痛打一頓，還通知家長到校說明。老師在父母親面前，直接說我平時上課都不專心，成績非常不好，還會對師長不敬，品行有待加強。我那時真的恨死我的老師，功課不好和品行有正相關嗎？平時老師可能就因為我課業成績不甚理想，早就看我不順眼。所有的交談過程，我幾乎都聽不進去，只記得父母親頻頻向老師鞠躬道歉，而我只是低頭不語，甚至完全不敢和父母親四目交接，尤其是我那嚴肅的父親。

回家的路上，我開始哭了起來，對於老師這種對待方式，讓我感到相當委屈。原以為會受到父親的嚴厲責罵，但回家後父親反而不發一語，而母親對於這件事也隻字未提。

那天晚上，父親在我睡覺前問了我一句話：「真的那麼喜歡棒球嗎？」

「嗯——」我輕輕點頭回應，沒有再多說什麼。

父親聽到我的答覆後，表情若有所思，隨後離開我的房間。

隔天上學時，我開始對老師擺起臭臉，也許因為快要畢業，老師也放手不管。在那時老師非常具有威嚴，我敢這麼做，也是因為真的覺得自己沒有做錯任何事。但社會對小孩的期許真的就是讀書、讀書，除了讀書以外，還是讀書。通常會走上體育這條路的，都是學業成績不理想的學生。現在事後看來，老師也許是希望我能走上正規的讀書路，好能有個比較有保障的未來。但即使到了現在，那股仇恨感雖然已經消失，卻還是對於「唯有讀書高」這種社會價值觀有種失望與失落。

我記得這種師生僵持的情形，一直持續到畢業都沒有中斷過。而且在大家一窩蜂搶著讓導師在畢業紀念冊上簽名的同時，全班大概只有我沒有去找老師簽名留念。

幾天後，母親突然告訴我，父親決定讓我轉申請就讀其他所國中，並且送了我一袋畢業禮物。我滿心疑惑拆開包裝，眼前出現的是我再熟悉不過的棒球手套，而且不同於我原有的手套，是投手專用的名牌手套。在我看到那所國中的申請資料，發現是棒球名校時，我幾乎要喜極而泣。

我從沒想過經常批評職棒球員和球迷沒水準的父親，與對棒球沒有好感的母親，會同意讓我就讀棒球學校。

「傻孩子，那件事你沒有錯，我和爸爸都會支持你的夢想！」我非常清楚母親所指的是哪件事，能夠得到家人這樣堅定的支持，我真的感動無比，小小年紀的我所能想到的第一個直覺反應，就是衝向前去擁抱母親。

關於國小每晚偷聽職棒轉播的事，直到後來上了高中以後，才在一次閒聊中發現，原來父母親很早就知道我的這個舉動，只是一直睜一隻眼、閉一隻眼。我很感念父母親那時候的開明，讓我能夠朝著自己的夢想前進，即使這條路並不好走，至少還是給了我往前邁進的重要機會。

然而現在回想起這些往事，卻總會浮現一種想法：如果當初父母親不肯支持，讓我走向傳統的升學道路，現在的我又會是什麼樣子呢？

◎二局上半　觸身

隨著複賽時間的即將來臨，對於隊上小將們的訓練一刻也不敢鬆懈。

即使現在不過五月初，天氣卻已炎熱到像盛夏時節。頂著大太陽練球，各個小選手無不揮汗如雨。看著他們努力的身影，勾起我不少兒時回憶。

我會走上這條路，真的受到不少兄弟間的相互影響。綜觀現在的職棒界，就有不少兄弟檔活耀其中，像是現在中華隊的不動四棒陳金鋒與其兄陳連宏，分別代表La New熊隊與統一獅隊，在前後兩屆的亞洲職棒大賽中，都於東京巨蛋球場對上中國之役擊出滿貫全壘打，也讓日韓媒體對此大大報導一番。看到這則新聞真讓我感觸良多，如果沒有發生那種事的話，也許我們家一投一打的兄弟檔也會在職棒界大放異彩。

「教練，我的姿勢這樣對嗎？」

振益握著鋁棒，重複著打擊動作。

「手臂雖然要夾緊，但你可以再稍微放鬆一點，不需要那麼緊繃。」

即使我提出這樣的建議，以現階段的振益來說，真的已經非常出色。就少棒程度而言，目前的投手還很難找出他的打擊死角，優異的表現，在預賽中已經嶄露無遺。

以我多年的打擊經驗看來，振益潛力無窮，不過在心理素質方面，因為比賽經驗比較沒有像正規選手那麼充足，可能需要多加注意，但最近的狀況還算不錯，或許真的就是所謂「初生之犢不畏虎」。

在青苑少棒隊，我扮演的主要角色是打擊教練。投手出身的國手徐總教練，是指導小選手們投球的最佳人選。年輕時的徐總可以投出將近一百五十公里的速球，算是國家隊寄予厚望的人選，在參加過的幾次國際賽中也都有相當傑出的表現。只可惜後來不幸發生車禍，讓他速度驚人的右臂受了重傷，即使經過復健，仍然無法像以前那樣施力，甚至連右臂也變得無法輕易高舉，棒球生涯突然宣告結束。當時這則新聞震驚各界，一名中華隊寄予厚望的選手就這樣無故消失。不過群眾總是健忘的，現在大概也沒什麼人還記得徐總的當年英姿吧！無法捨棄對棒球的熱愛，徐總之後開始投入基層棒球擔任教練，希望能在小選手們的身上，完成未能實現的諸多遺憾。就這樣滿懷熱血投入，時光也匆匆過了數十年。

不過也因為車禍的緣故，讓徐總無法順利進行某些指導工作。

一開始情況還沒有那麼糟，徐總還能進行簡單的餵球、打擊和投球動作指導。但後來也許因為年事已高，或是當年醫術沒有那麼發達，處理不當的結果造成徐總現在不斷惡化，許多動作無法順利完成。

打擊指導教練本身就要透過親自餵球，仔細觀察選手的打擊動作，但青苑少棒隊成軍的前三年，正好是徐總病況逐漸惡化的那幾年，因此也開始變得鮮少親自指導球員各項動作。或許這些小朋友們就是缺乏這樣的指導，在前幾年無法好好發揮。也因為如此，徐總才會找上我前來擔任助理教練。我以前就是徐總的學生，當然二話不說一口答應。

「動──作──停──」隊長王進銘放聲大喊。「集合！」

看著還只有五年級的王進銘，對著一部分是六年級的學長們發號口令，形成一幅相當有趣的場景。隨著口令聲的傳達，各個之前還在自由活動的球員們，全都停下手邊動作，往本壘板後方集合。

這名隊長身材略顯嬌小，身高還不到一百六十公分，不過身手相當矯健，是這次入選比賽選手中，唯二的五年級成員。跑壘速度相當驚人，經常有盜壘成功的優異表現，二、游的守備位置都能相當勝任。也因為有著不錯的速度，即使打擊技巧還不成熟，常常只能擊出內野滾地球，卻還是靠著自己的快腿，跑出內野安打。記得我剛來青苑國小時，進銘那時才剛上任，擔任隊長的沉重壓力，全都寫在他那時常眉頭深鎖的臉上。少棒隊的隊長雖沒有硬性規定要是幾年級的成員，不過在青苑少棒隊中，因為才成立不到四年，以往的隊長人選，都是從第一屆創始隊員中選出，也就是現在的六年級生。不過鑑於這些六年級選手們，馬上就要畢業，從去年開始改從五年級中推選出新任隊長。

以五年級為隊長的這種方式有好有壞，但在我和徐總討論過後，以長遠眼光來看，還是決定改成這種形式。好的一面，是五年級生可以在有學長的照應下，學習如何帶領團隊，等到自己任期屆滿升上六年級的時候，也能將自己的帶隊經驗傳承給下一屆學弟，擔任相當於球隊顧問的角色。不過比較尷尬的場面在於，因為棒球隊歷來的傳統中，有非常明顯的學長學弟制，六年級的學長是否會聽命於五年級的學弟，將是一個有待觀察的難題。

雖然我沒有私下問過他們，但就我觀察下來，現在掌握大權的幾乎都還是六年級那群學長，目前擔任隊長的進銘比較像是他們的傳話筒，對於隊長職務方面也僅是形式上的發號口令。當然，這種情形也不是完全沒有好處，畢竟這次比賽的主力選手都是六年級生，如果背後沒有得到一些有力學長的支持，他也很難帶領團隊。而且青苑少棒隊還在草創時期，各種制度的改變，都可能需要一段調適的過渡期。

即使距離我少棒球隊的記憶，至今已經過了十多年，但我想這種團體生活模式，應該不會改變太多。隊長的人選除了球技不能太差外，還需要不錯的人緣，才能勝任此項重擔。尤其是「學長緣」這部分，更是不可或缺。新任隊長進銘在人緣這方面，應該還算不錯，即使在練習場上神情嚴肅，但在私底下卻很活潑。不過自從接下隊長職務後，就比較少看到進銘的笑容。他的心情我可以理解，因為以前在學生時代也擔任過隊長，時常夾在學長、學弟和教練之間，雖然過程相當艱辛，卻也讓我學到很多東西。

另一位入選比賽選手名單的五年級生，就是現任的副隊長許文川。微胖的體型，讓他移動速度不是非常靈活，無法勝任需要迅速移動的內、外野手，剩下的位置只有大家都不想要的捕手了。本來在去年升上五年級時，因為一直沒什麼表現，又適逢課業變重，他表示想要退出球隊，後來在我的勸說之下，總算留了下來，也被大家選為副隊長。

雖然當初文川以課業為由，想要退出，不過在我們這所並不是以升學為目標的國小裡，想也知道不是真正的理由。我後來發現他在隊上的人緣似乎不是很好，可能因為體型的關係，經常受到同儕取笑。這種情形在小學生中真的是屢見不鮮，那之後我也常常把他找來私下談話，也算是給了他一個比較完整的心理建設。我告訴他，大家的那些話語，只是開開玩笑，這代表著他很受歡迎，才會這麼引人注意。

後來也不知道他自己做了什麼轉變，在隊上突然變得人氣大增，會開始拿自己的體型在大家面前耍寶，更成為隊上的吉祥物，到最後還被票選為副隊長。

不過他並不是這次比賽的主力捕手，而只是候補選手。一般在學生棒球中，通常都沒有什麼固定的守備位置，「投打雙棲」的選手更是時有所聞，到了成棒才會有比較明顯的分野。學生時代的我，也是屬於「投打雙棲」類型，不過大部分的時間還是以野手身分出賽。然而文川比較可惜的是，體型若仍無轉變，大概就只能限定在專職捕手。如果還會繼續走上這條路，應該跑不掉捕手、外野手和指定打擊的位置。

這次比賽的主力捕手還是六年級的「老將」謝國倫，畢竟主力投手全都是六年級生，搭配起來還是較有默契，實戰經驗也比較豐富。不過他和文川完全屬於不同類型，當初因為體型嬌小，和同屆球員競爭下，比較沒有適合的守備位置，才會當上捕手。也由於體型的關係，臂力不是那麼強，在牽制跑者上多少有些吃虧，但在他自己的苦練下，這一年總算是擁有比較好的阻殺能力，雖然和其他球隊當家捕手相較起來，還是有些不足。

看到球員們全都集合完畢後，我開始宣布事情：「我知道大家都很疲憊，尤其是剛睡完午睡又要馬上進行練習。雖然預賽我們順利晉級，不過因為複賽已經非常接近，我想大家也都非常希望可以拿下冠軍出國比賽，所以我們還是要加緊練習。待會，我們依照預定的練習菜單，先進行打擊練習，之後還有綜合守備練習。最後再將加入三、四年級球員，將你們分成兩隊進行比賽練習。」

雖然說比賽練習時會加入三、四年級的球員，不過算一算也才不過五、六人，主要還是以五、六年級球員為主進行對抗。如果青苑棒球隊一直拿不出耀眼的成績，別說是校方不肯給予更多的補助，就連招收新血恐怕也會困難重重。在這方面早已隱約嗅出危機，因此對於這次的比賽結果我也相當在意。

「待會分成兩組，一組是正常球速，另一組則是以快速球進行打擊練習——」我將左手擺在發球機上思考了一下。「這一台等一下先將球速調在九十公里進行練習，不過另一台還在維修，晚一點徐總才會拿回來，那今天還是以九十公里為主，明天再開始練習一百一十公里。」

其實在少棒中，九十公里以上的球速已經可以算是快速球，不過由於複賽的強度不同於預賽，很容易出現異於常人的速球型投手，光是自己隊上的王牌投手最快球速就超過一百一十公里，還是需要多加防範，讓選手們適應一百公里以上的球速，才不會在正式比賽時驚慌失措。

這兩台發球機，是今年經由善心人士捐贈，才會出現在我們隊上。以往沒有發球機時，總是需要專職投手進行速球練習。不過人畢竟不是機器，多少都會有些誤差，況且還會感到疲累，因此對於提升打擊練習的效果不是很好。以往每隔好幾個月才會帶著全隊前往打擊練習場進行打擊練習，礙於每次練習需要很多經費，不能時常舉辦，因此收到的練習效果也不是很好。今年在外人的捐助下，這些小選手們終於可以得到更好的練習機會，大大提升了團隊打擊率。

準備就緒後，看到小選手們的專注神情，我也可以感受到那股沉重的壓力。比賽選手紛紛做起暖身，前五名打者更是拿著隊上僅有的五支鋁棒，反覆練習揮棒動作，依照順序排成一列等待打擊。

隊上的王牌投手俊龍，在振益轉來之前，一直都是擔任第四、五棒的中心打者，屬於「強投豪打」型的天才選手，除了擔任投手以外的場次，還是會以外野手身分上場肩負打擊重任。自從振益苦練起來以後，俊龍的第四棒位置首次受到威脅，兩人間的競爭自然不在話下。

「喂，癩皮，該你了還發什麼呆！」俊龍毫不客氣催促著振益。

振益沒說什麼，只是默默走上打擊區。

第一球投過來時，出乎意料外，振益竟然揮了個大空棒。以振益目前火熱的狀況來看，這不過是普通的直球，應該難不倒他，確實讓我有些驚訝。緊接著第二球、第三球也接連揮空，我這時才察覺問題出在哪裡，不是他揮棒速度太慢，而是球速比預期的還要快上許多。

「你們是誰搗蛋的！」我生氣地罵了出來。

看到他們無動於衷，讓我更為憤怒。

「鏘——」第二句罵人的話還沒脫口而出，打擊區就傳出了清脆的鋁棒聲響。

第四球振益完全咬中球心，球一下就往左外野方向飛去，不一會兒就飛進那片森林裡。這是一支特大號的全壘打，站在振益後方的俊龍目瞪口呆，我不難想像在發球機上動手腳的一定和他們脫不了關係。第五、六球振益還是擊向左外野方向，依舊落在那片樹林裡。

回神過後，我趕緊衝向投手丘關掉發球機。

「你們是誰動的手腳！敢作敢當，給我站出來！」我深鎖眉頭吼著。

有別於徐總教練在隊上的嚴肅形象，我一直扮演著白臉的角色，對球員們幾乎不會動怒，總是好聲好氣指導他們。自己以往就是受到高壓的訓練方式，真的非常痛苦，不想讓這些小選手們也跟我受到一樣的對待，才會對他們比較客氣。想不到現在卻被一些平常比較調皮的學生們騎在頭上，讓我非常氣急敗壞。什麼是可以開的玩笑，什麼是不可以開的玩笑，不發生意外他們真的不知道什麼叫做危險。

看到我大動肝火，所有選手全都靜了下來。幾分鐘過去後，才有一名四年級的選手站了出來。

「教練對不起——」這名四年級的學生苦喪著臉。

「是誰叫你這麼做的！」我很清楚一個才四年級的學弟，不可能有這種膽量對六年級的學長做出這種事，這背後一定有幕後黑手，而我大概也有個譜。

「那個——」這名學生竟然哭了起來。

「進銘，你盯著大家繼續練習，還有，把球速調到九十公里——」看到這種情形，我趕緊打了圓場。「還有，振益和俊龍都過來我這裡，我有話要跟你們說。」

離開投手丘前，瞄了一下發球機的速度，竟然停在一百四十公里。

不是因為學生的哭泣讓我心軟，而是在火氣稍微消退後，才發覺我這麼做一定會造成大家士氣上的嚴重打擊。

看著小選手們僵硬的表情，我想剛剛的舉動確實已經讓他們高昂的士氣受到影響。而俊龍臉色相當蒼白，可能當初也沒想到事情的嚴重性。

三人在球場後方的休息區就坐後，我以緩和的口吻說著：「俊龍，你自己誠實說，你做了什麼事？」

「教練我——」俊龍那雙大眼濕潤起來。

「誠實說，我會相信你，也不會責怪你。」

雖然我覺得俊龍很明顯就是這位指使者，但我還是不敢就此確定，畢竟無故誣賴人也是非常不好。我會這麼推斷也不是沒有根據，任何人原先的王牌地位被搶走後，一定會對這個爭奪者相當不滿，更何況還是一個外來的轉學生，更讓俊龍看他非常不順眼。

追隨哥哥的腳步，我在小學三年級也當了轉學生，振益孤單的處境，我非常能理解，因此從當上助理教練的第一天，我就非常注意他在隊上與隊友的互動狀況。這種轉學生本身就需要特別關照，可能因此讓一些原有的隊員對此感到不悅。

我不知道兩人的「瑜亮情結」已經嚴重到這種地步，如果不適時遏止，真不知道還會做出什麼誇張的舉動。

俊龍欲言又止，接著才開口：「教練，對不起，我不是故意的，只是想知道振益的打擊有多強——」

這理由聽起來當然相當荒唐，但俊龍勇於認錯的行徑還是值得讚許。

我把右手放在俊龍肩上，並輕聲說著：「你知不知道這種惡作劇的嚴重性，大家都沒有見過這麼快的球速，如果不小心打在身上，後果可不是開玩笑的。更何況你身為前任隊長怎麼可以這樣帶頭作亂？如果學弟們以後也都有樣學樣，這個球隊還得了嗎？」

「對不起——」

看到俊龍真心認錯的模樣，實在不忍心繼續責罵他。

「唉——」我苦口婆心勸著。「你們兩個是隊友，不是敵人，看到隊友有好的表現應該要感到高興才對，怎麼會是這樣互相捉弄？更何況就算是敵對球員也應該良性競爭，而不是惡性競爭，這樣才有運動家精神。我不是跟你們一再強調過，做人比打球還要重要嗎？寧可正大光明輸一場球，也不要使用小伎倆贏一場球。前幾場比賽不也是靠著振益的全壘打將比分拉開？當然，俊龍在投球和打擊表現上也無話可說——」

我轉向振益繼續開口說著：「還有振益你也是，團體生活並不是只有自己的成績重要，懂得怎麼和隊友相處也是你需要學習的。你們是一個團隊，需要有良好的默契。複賽愈來愈接近，不要再做一些打擊士氣的事了。」

平時看起來堅毅的俊龍，這時竟然流下眼淚。我說了一堆頭頭是道的大道理，到底能對他們產生什麼影響，我也不是非常清楚。畢竟在帶少棒這方面的經驗，我還是相當不足，但我所能想到的處理方式也只有這樣了。說了這麼多，自己又能做到多少？對於隊友的亮眼成績，怎麼可能不會有嫉妒之意，即使沒有具體表現出來，也不過都是壓抑下的結果罷了。小學生反而比較坦率，心中有什麼想法就會直接付諸實現。成年人的這種壓抑到底是好是壞，真的很難就此定論，也許我們很多事反而更需要和個性率真的小學生們學習。

遠遠見到廂型車從球場外的道路駛近，我知道徐總快要回來。

「振益，你先回去練習。」如果這件事讓徐總知道一定會大發雷霆，我趕緊做好掩飾的準備工作。

振益離開後，我對著還在哭泣的俊龍說著：「俊龍，我知道你真的很優秀，某種角度來說，其實你比振益還要厲害許多，能投又能打。不過我還是要強調，團體生活需要和隊友好好相處，複賽就快到了，不要因為這件事影響了自己的心情，我對你有很大的期待！」

到後來我已經開始用起哄小孩的語氣說著，這讓自己也覺得有些不習慣，但也只能硬著頭皮繼續開口：「回去吧，我會跟徐總說你身體不舒服請假一次，好好調適自己的心情，在下一場比賽才能有好的表現！」

看到俊龍難過成那樣，我想他今天一定也沒什麼心情繼續練球，還是讓他就此休息一次，對他也比較有幫助。

徐總將廂型車停在球場外後，朝我們這邊比了個手勢。

見到徐總的指示，我馬上叫幾名球員過去幫忙搬運物品，可想而知就是那台維修好的發球機。

「練得怎麼樣了？剛剛吳俊龍為什麼離開了？」徐總嚴厲的作風還是沒有改變，連我這個助理教練至今都還敬畏三分，隨時都有挨罵的心理準備。

「呃——」我板起面孔說著。「他身體不舒服，我讓他請假一次好好調養。」

徐總聽了以後沒有多說什麼，只是轉頭看向球場邊其他選手的打擊練習。

「你有按照我指示的時間表進行練習嗎？依照表定時間剛剛不是應該要進行綜合守備練習了？」徐總緊皺眉頭，神情相當嚴肅，可以明顯感受到他的不悅。

「嗯，徐總不好意思，因為發球機調不好，所以有些延誤。」

徐總看了我一眼，接著又追問下去：「真的嗎？竟然延誤超過半個小時！」

我只是默默點頭，心想絕不能讓剛剛俊龍與振益那件事曝光，只能繼續想盡辦法掩飾下去。對於表定時間一向精準執行的徐總來說，他會出現這樣的不滿，我也非常能夠理解。

徐總見到我沒有回應，先是瞪了我一眼，才又繼續開口：「等一下，將球速調高讓他們繼續加強打擊練習，守備練習我想今天就算了。」

徐總交代完後朝打擊區前進，看起來是要去檢視選手的動作。

目送徐總離去後，我走到休息區拿起記事本，確認一下接下來的活動行程。抬頭清點到場的所有球員，開始在記事本上把他們分成兩隊。

我不知道經過剛剛的那件事，俊龍與振益是否就此和好，不過目前能做的也只有這樣了，畢竟能不能解開心結，還是得靠他們自己。

球場上的選手們繼續進行打擊練習，由於少棒並沒有指定打擊，這項訓練是每個選手都必須參與的表定菜單。

不知不覺看得有些入神，也讓自己逐漸陷入過往的回憶之中。

「嗨！」

就在我還掙扎於記憶漩渦的邊緣時，背後突然傳出一句問候聲，把我硬生生從激流的迴旋中拉了出來。

回頭一看，這才發現那人正是前幾天來訪的女記者薇芳。

「今天有什麼事嗎？」我擺出微笑。

「今天特地帶著相機想來捕捉一些小選手們的練習畫面。」

「報導寫得還順利嗎？」

「算是整理了一些資料，不過目前遇到瓶頸，所以想來多蒐集一些題材。」

看到薇芳身上充滿活力，不覺令人相當嚮往，或許這就是我個性上最缺乏的，因此對我來說，這項特質非常具有吸引力。

這時遠方突然傳來救護車的急促聲響，在這窮鄉僻壤中，非常引人注目。場上所有球員全都停下手邊動作，望向聲音的來源。

救護車在球場外停了下來，救護人員一下車就衝向球場外圍的那座森林。入口處站著一名貌似貨車司機的人，帶著救護人員往樹林裡移動，轉眼間這群人就被那片森林所吞噬。

「抱歉，我先離開一下——」薇芳拿著相機，朝救護車方向跑去。

薇芳雖然負責體育新聞，因為這件事也許具有新聞價值，不難理解為何她會追了過去。

「不要分心，快點繼續練球！」徐總看到選手們都停了下來，相當不耐催促著。配合徐總的指示，我把目光移回場上。儘管如此，其實我也相當好奇，到底發生了什麼事，不過身為助理教練，還是得擺出該有的樣子。

不知道過了多久，就在幾乎忘記這件事的同時，森林入口傳出嘈雜的人聲。幾名救護人員合力抬著擔架，從森林口再次浮現身影，並朝著救護車方向快步驅前。擔架上躺著一名男子，頭部滿是鮮血，身體隨著擔架的振幅左右晃動，看起來似乎已經失去意識。

見到這驚人的畫面，一開始我還沒有什麼特別想法，只覺得令人相當詫異，並十分同情。但腦中隨後竟突然閃過一種可能，讓我的心不覺涼了半截，開始不斷祈禱我的想法並不正確。

場上所有選手再次停下動作，甚至連徐總也面無表情，靜靜看著整個運送過程，一股莫名的恐懼籠罩整座球場。

◎二局下半　牽制出局

夢想總是無限美好，尤其在尚未觸碰現實之前。

國小畢業後，在父親的支持下，轉入棒球名校，不知道讓多少喜愛棒球運動的國小同學羨慕不已。本以為能夠就此展開棒球之路，但卻也不是那麼順利。

南茗國中歷來在青少棒一直都有前十六強的優異成績，也因為如此，許多打過少棒的小選手們會慕名而來，有些甚至可以說是從全國各地徵召而來的菁英選手。

在我興沖沖就讀南茗國中時，第一個想到的就是加入棒球隊。能夠在棒球名校念書，又能在有正規教練指導下提升球技，即使以一個中學生來說，離家住校是一件很辛苦的事，但如果能加入棒球隊就是我那時覺得最幸福的願望。

那時國中課程每星期有兩小時的團體活動，其實就是類似高中的社團活動，但只能算是半官方的，不是由學生自己主導，各式各樣、動態靜態都有。足球、羽球、籃球和巧固球等各種球類琳瑯滿目，就是找不到棒球。鑑於國小六年級導師留給我的不良印象，我也沒有多加詢問，草草選了個靜態的剪報活動。當然，會這麼選擇還是有其背後的誘因，因為這個活動可以讓我用來整理一些平常蒐集的職棒新聞。

開學的第一個星期，每當中午吃完飯或是放學後，我都會在學校操場旁的棒球場徘徊。但不管怎麼尋找，就是找不到棒球隊的招生傳單。看著場上練球的學長們，真讓我羨慕不已。尤其是看到場上學長振臂高揮的投球動作，都讓我不禁想在一旁模仿一下。當然，個性極度內向的我，絕不可能這麼做，只是默默望著手上那隻母親送我的投手手套。

每天上課期盼的第一件事，就是希望導師宣布球類校隊招生的相關事項，但這個期望還是在接下來的兩週中落空。我最後按捺不住，直接跑去詢問老師，沒想到老師竟告訴我，校隊招生測驗在開學第二週就已經完成。在我得知這個不幸消息時，當下真的非常生氣，為什麼老師從來就沒有宣布過這件事情。老師看到我失望的樣子，趕緊跟我解釋，因為校隊似乎不是開放給每一個人，詳細的招生辦法他也不是很清楚。

即使知道測驗時間已經過去，我還是想去球場找教練嘗試看看。就我長時間觀察下來，也看得出南茗青少棒隊共有兩位教練，一位年紀大約四、五十歲，在球場上相當具有威嚴，不斷向另一位較為年輕的教練發號施令，而另一位教練也只能聽他的口令行事。而後者大概才二十多歲，還在就讀體育學院。後來我才知道那名較為年輕的教練是才剛從其他學校過來的，以前還是那名老教練的學生，因此才會被他這樣使來喚去。

每天趴在球場外的鐵網邊也不是辦法，有天放學後我終於鼓起勇氣走進球場。

「你就是那個常常在外面看我們練球的同學吧？」見到我這名陌生人走了進來，那名年輕的教練親切問著。

印象中這名年輕教練面容相當俊俏，友善的微笑讓人感到相當舒適。誰也不會想到那時還默默無聞的他，後來竟成為職棒界名人。他就是以打擊、守備和速度著稱的前職棒好手張傳隆。

「教練你好，我想加入棒球隊！」

短短的幾個字，卻是在我鼓足勇氣後，才能脫口而出。

「咦？」張教練遲疑了一下。「不過招生測驗的時間好像已經過了——」

「教練不好意思，我前幾天才知道有招生測驗這件事——」

「真的那麼有心想要加入球隊嗎？」

「嗯！」我語帶堅定用力點頭。

聽到我這麼肯定的答覆，張教練反而突然變得面有難色。

「以前有練過嗎？是哪一間少棒隊的？」

「呃——」我有些不好意思說著。「以前學校沒有棒球隊，只是常跟同學打打棒球，沒有受過正式訓練。」

「這樣啊——」張教練若有所思抬起頭來。「我再幫你問問總教練的意見。」

從張教練為難的表情，不難看出機會渺茫，但我還是懷抱一絲希望。

「誰！」

在我們兩人後方傳來一句相當不友善的聲音，回頭一望才發現是那位資歷較深的老教練。

「徐總，這位同學想加入棒球隊。」張教練伸手指向一旁的我。

「他是誰？哪個少棒隊的？」

「嗯——」張教練輕皺眉頭解釋著。「他沒受過正式訓練，不過國小時常打棒球。」

「那我不收這種學生，而且招生測驗已經過了，一切依照辦法行事。」

徐總說完便轉身離去，那無情的身影真讓我不知如何是好，當下有股想哭的衝動。

「唉——」張教練輕嘆了口氣。「這位同學，你先留下你的聯絡資料，我再去跟徐總說看看。」

張教練這種親切而溫暖的舉動，到現在回想起來都還是暖意十足。

不過等了幾天，卻還是沒有消息。直到後來再去球場詢問張教練，才知道徐總還是堅持不願讓我半途加入。

就這件事而言，徐總並沒有錯。不應該的是自己錯過了測驗時間，又能怨得了誰？

張教練安慰我，可以趁徐總不在時，一起來跟球隊練球，還可以開始自主體能訓練，好準備明年的校隊測驗。如果測驗能夠順利通過，到時候徐總應該也無話可說。

雖然張教練如此說著，但整個球隊我人生地不熟的，想要跟他們一起練球，真的很難跨出第一步。

更何況我完全沒有受過基礎訓練，想要混入這些正規選手中也是難上加難。

就這樣，隨著時間的流逝，我逐漸打消加入棒球隊的念頭，不過對於棒球的熱愛還是始終未減。

直到有一次期中放假時，回到家中與家人團聚，才發現深受我影響的弟弟，已經加入學校棒球隊，並在那裡打得有聲有色。

不是故意想與弟弟比較，而是不願辜負父母期望，更讓我不敢對他們說出實話，反而謊稱自已已經加入學校棒球隊，不過還是一年級，所以沒什麼出賽機會。

受到弟弟的衝擊，我知道他之後也很有可能就讀我現在這所棒球名校，我必須想辦法趕快加入球隊，以免等到弟弟就讀時謊言就被戳破。

於是我又開始在球場外徘徊，張教練一開始還會在徐總不在時抽空教我一些基本動作，不過後來由於接近比賽，張教練也無法再顧及隊外人士，只能讓我自己在場外練習。

我也趁著這些時日，開始蒐集一些關於南茗青少棒隊的歷史資料，但第一個最想了解的，竟然是那位冷酷無情的徐總教練。多方打聽下，我得知他的全名叫做徐景坤，以前是一個知名的國家隊投手。與我團體活動課互為呼應，我開始在圖書館找起舊報，剪貼了一整本關於徐總的新聞軼事。對於他的一些英雄事蹟，我感到崇拜不已，心想如果能在他指導下成為投手，一定是幸福無比的事。當然，對於他後來遇到交通事故而中斷棒球生涯，也感到無比惋惜。

就在學期接近尾聲時，某次在場外角落遇到一位同學，穿著南茗青少棒隊球衣，坐在地上哭著。

我很好奇發生什麼事，本來只是在一旁遠遠觀察，想不到卻被這位同學叫了過去。

「同學，你可以過來一下嗎？」他語帶哽咽說著。

我不知如何是好，也只能走到他旁邊蹲了下來。
「你是不是就是那個常常在球場外看我們練習的人，我記得你傳球還蠻準的！」
「嗯——」我微微頷首。
「真的那麼想加入我們球隊嗎？」
「嗯——」我還是點頭回應。
「勸你不要加入，教練很爛！真的很爛！」他說完又開始哭了起來。
看著他四散一地的護具和面罩，不難猜出他的守備位置是捕手。
「是不是他們強迫你當捕手，所以你才這麼不高興？」我以過去的經驗這麼猜測。
他搖頭否認。
「還是——」我認真思考著。
「我愛當捕手，我希望以後能當一個揚名海內外的鐵捕！」
他的答案非常出乎我意料之外，捕手這守備位置一般都是體型不好的人，在半強迫下才會擔任。在我仔細打量下，卻發現他體型還算不錯，應該不是這種原因讓他成為一名捕手。
不久後，他解開了我的疑惑，因為他從小就非常喜歡當年奧運國家隊的捕手，他覺得捕手是球隊掌握全場最重要的關鍵，甚至可以說是整場戰爭的首席軍師。
我那時倒是第一次聽到這種說法，以往媒體比較不曾對戰績優異球隊的捕手加以著墨，甚至更容易被完全忽略。而自己在國小打「紙」棒時，配球都是隨投手自己高興，捕手的工作只要正確接到球就行，他的說法真是完全顛覆我那時的想法。

隨後我和他開始聊起職棒，沒想到我們支持的隊伍竟然一樣，讓我們無形中拉近了彼此的距離。

他叫做林泰謙，和我一樣都是國中一年級的新生，國小時便就讀棒球名校，那時候就開始擔任捕手的守備位置，不過一直都是屬於板凳球員。直到國小畢業為止，都沒有在正式大賽中的出賽紀錄，只能算是正規選手的陪練球員。

泰謙一直無法出賽，也有其中原因。雖然身為捕手，卻時常發生漏接與暴傳的情形，讓教練不敢放心使用，也使他上場的機會大受打擊。即使教練建議他改練外野手，他還是堅持選擇捕手的守備位置。就這樣，最後以二線捕手身分從少棒隊畢業。

到了南茗青少棒隊，依舊以捕手身分參加。不過同一屆招收進來的強力捕手還有其他兩人，雖然泰謙在打擊方面比其他兩人要出色許多，但在守備方面則吃了大虧。

徐總和張教練都建議泰謙可以改練外野手，但他還是非常堅持，也因此和徐總起了衝突。

「你是不是很想當投手？看你平常總是和張教練請教球路的問題？」泰謙問著。

「嗯——」我有些不好意思說著。「我跟你的志向正好相反，我希望以後能以投手的身分在職棒界大放異彩。」

因為泰謙算是我那時非常少見，屬於談得來的朋友，也讓我第一次和外人述說我的志向。

「好的——」泰謙點點頭。「我還是不想放棄成為捕手的夢想，就算教練因為這樣不讓我上場，我還是會堅持下去。」

看著泰謙堅定的神情，我感到相當佩服，就是他這樣的決心，也讓我深受感染而想要一圖振作。

後來還有閒聊到別的話題，不過因為接近球隊集合時間，泰謙便和我匆匆道別。之後我還是常去球場看他們練球，也和泰謙愈來愈熟，甚至他也會私下教我許多基本動作。也許因為泰謙個性古怪，又違背教練的指導意願，讓他在隊上成為比較孤僻的球員，以致於平時幾乎沒什麼人願意和他私下進行投捕練習。

有天他突然要求我擔任他的投手搭檔進行練習，我聽了以後當然非常興奮，整個學期都快過去，我都還沒有正式踏上投手丘。趁著沒有球隊練習的空檔，我終於首次登上投手丘。投手丘到本壘的距離，因為過去只是玩樂性質，實際站上後才發現比我想像得還要遠上許多。也因為如此，前幾球都在本壘前就提早落地，接著幾球又投得過高，讓泰謙根本無法接到。試投十幾球後，我總算抓到大約位置，之後才順利將球控在好球帶附近。

以往在國小的「紙」棒隊，雖然後期都是擔任投手，但所用的球都是「紙球」，即使再怎麼用力投，球速還是有限。現在用硬式「縫線球」使力催球，球速真的比以往快上許多。我甚至還一度懷疑，我哪來那麼大的蠻力，可以讓自己的球速突然變得那麼快。

在這種成就快意的圍繞下，我因為一時興奮也沒有多想什麼，一下就投了快一百球，泰謙也非常高興，終於有人肯陪他練習，好彌補守備上的缺陷。到後來，不知道是我的力道逐漸減弱，還是他接球的技術逐漸進步，好幾個提前落地的彈跳球，都被他以相當順暢的動作擋了下來。以一名捕手來說，這是天經地義的小事，但對於接球技術較不成熟的泰謙而言，卻是一件非常值得高興的大事。

就這樣，從下學期開始，只要有空，我們兩個一投一捕的搭檔，就會一起練球。聽到他在球隊上逐漸受到重用，我也感到與有榮焉，但相對地，卻有一股羨慕之情在內心深處不斷蕩漾著。

他時常稱讚我的球技愈來愈好，球質也重，很有尾勁，非常適合訓練成投手，並將校隊招生測驗會考的所有項目，全都一字不漏告訴我，好讓我能及早準備。

一開始對於招生測驗還存有一些恐懼，但隨著自我的反覆練習和泰謙的細心指導，讓我對於這些項目逐漸有種得心應手的感覺。我想這一年的自主訓練，雖然不能彌補國小沒有正式打過少棒隊的空白，但至少也已將基本項目練到一定程度。

國一升國二的暑假，我向南茗青少棒隊的隊長表示下學期想加入球隊，因此想一起參加暑訓。張教練得知後表示相當歡迎，於是我順理成章當起球隊的練習生。由於徐總整個暑假都不在學校，我也在無人反對下全程跟完了暑訓。過程真的相當辛苦，因為這項訓練是針對舊生而訂，這種沉重的負荷，對我來說相當具有挑戰性。很多訓練項目已完全超出我的能力所及，讓我只能晾在一旁默默觀看。不過這短短的幾個星期，卻讓我大開眼界，增加許多棒球場上的實際新知，這些都是以往在報章雜誌上所無法體會的。

升上國中二年級後，我期待的招生測驗終於來臨。看著四周都是來自國小棒球名校的一年級新生，即使已經做了充分準備，還是讓我感到緊張不已。

雖然現在已經忘記當時所有測驗的細目，但還記得那些標準對於一個正規少棒隊出身的選手，並不會非常困難。然而對於我這種沒有基礎的外人而言，則具有相當的挑戰性。

由於年代遙遠，我已經不記得受測時的確實感覺，只記得腦袋一片空白，當張教練公佈的入選名單出現我的名字時，真的讓我欣喜若狂。在隊外遊蕩了整整一年，終於還是讓我等到成為正式隊員的一天。

泰謙與我都相當高興，當晚特地為此舉辦只有我們兩人的小慶功宴。我也很感謝他這一年來的教導和鼓勵，或許可以說如果沒有他，我早就放棄加入棒球隊的夢想。

而他對我也同樣非常感謝，認為如果沒有我這一年陪他鍛鍊球技，他不可能拿到今日同屆第二號捕手的地位。

但這個美夢一下就宣告破滅，即使我通過校隊測驗，徐總還是對我有些不悅。一開始還算客氣，對於我國小沒有正式基礎和已經是國二生的事情，徐總有意無意間，總是透露出這樣的不滿。

後來徐總乾脆直接在大家面前一再提起：「以往有學長國二才加入，愛練不練的，只會消耗校隊資源，對校隊一點貢獻也沒有。有些更可惡的人，只想沾上南茗棒球隊的名聲，好在升學上有所幫助，實際上都只是在打混。」

聽到徐總這樣的說法，真讓我相當難過，好歹我也是遵照校隊規則「考」進來的隊員，為什麼要被教練這樣數落。更何況，我真的很有心想將球技練好，也很想對南茗青少棒隊有所貢獻。

儘管徐總對我如此無情，張教練還是勉勵我不要在意，徐總只是老人家愛碎念，要我好好忍耐，能打球就好。

幾天後，當被詢問想要擔任哪個守備位置時，我對張教練說想要擔任投手。那時張教練只是微微一笑，說隊上比較不缺投手，想不到一旁的徐總聽了以後，竟毫不客氣插了一句：「當什麼投手！把跑步速度練好，以後專心當代跑就好！」

聽到這句話的那一剎那，腦中彷彿某根筋突然應聲斷裂，滿腔的熱忱被澆熄了大半。我實在不明白，到底做了什麼事得罪過徐總，讓他如此討厭我。

無奈之下，也許真的因為隊上不缺投手，我轉而開始練起野手。不過我還是不太習慣「縫線球」的感覺，尤其是滾地球的變動方向，接起來和以往的「紙球」相差太遠。雖然經過一年的自主練習，不過多數以投球、傳球訓練為主，很少練到滾地球，讓我在這方面的表現非常不理想。

不知道是不是這個原因，更加深徐總對我的壞印象。即使我表現比一些同期進入校隊的新生還要優異，他卻還是不斷找我麻煩，認為我早該在國小時練好這些基礎動作。

最後終於在一次例行練習結束後，徐總當著大家面前，對隊長大聲交代，隊上不歡迎那種一半加入的新生，除非是過去在國小就有基礎的人，而且以後的招生對象也盡量以少棒出身的選手為主，因為沒有基礎的人，就算好不容易練好基礎動作，也差不多要畢業了，對球隊來說只是種資源浪費。

雖然徐總表面看來像是對隊長宣佈一項適用全隊的招生政策，但我很清楚，這分明就是衝著我而來。因為在隊上沒有「基礎」，也就是沒有少棒經驗的新生，就只有我一人。

我真的很氣憤，這種撿現成「即戰力」的訓練方式，不要說徐總可以帶，路上隨便一個人招集各隊少棒菁英後，遵照一些公定的訓練方式，球隊想要拿到好成績也不是非常困難的事。

那次之後，我就很少在徐總出現的場合公開露面，能躲就躲、能閃就閃，已經做好有天必須離開校隊的心理準備。張教練也很清楚徐總對我存有偏見，但他還是勉勵我，一定要繼續練下去，他很喜歡我認真的練習態度，甚至比一些有基礎的新生都還要積極。

即使張教練不斷替我爭取權益，但徐總還是不願改變招生政策。終於，預料中的那一天還是來臨，在寒假移訓前，徐總直接宣布將我從校隊名單中移除。

雖然大家都替我打抱不平，但就連張教練也束手無策，再做什麼掙扎也是無濟於事。隊長與泰謙針對此事，甚至還曾為了我去跟徐總爭取，換來的只有一連串的挨罵，甚至連隊長職務都還差點被換掉。不想再造成大家的困擾，我決定自行離開。

受到這樣的待遇，我真的非常難過，曾經數度為此痛哭流淚，也為此憤慨不已。正因為我國小沒有基礎，所以很珍惜加入校隊後的每一次練習；也因為知道自己是國二生，比其他新生少了整整一年，所以每次練習時心態上都更加認真。

最後換來這樣的結果，我也不知道該怎麼說了，也許徐總有他自己的考量，但直到現在我還是不能諒解他這種作法。或許現在因為感覺比較淡了，但當時如果說對他沒有恨意，是絕對說不過去的事。

我知道我加入職棒的夢想，應該就此破滅，國小沒有基礎的部分，儘管後來已經加倍努力想要彌補，卻也改變不了這個事實。

退出校隊後，雖然還是持續關注職棒，但心情卻大不相同，熱情頓時受到澆熄，已經沒有以前那麼瘋狂。

後來職棒分裂為兩個聯盟，讓我對棒球大失所望，原本支持的球隊，在兩個聯盟互相挖角下，球員陣容早變得面目全非。

在雙重打擊下，早已心碎的我，已經完全放棄成為職業球員的夢想，甚至再也不想接觸任何和棒球有關的事物。

◎三局上半　挑釁

不好的預感還是應驗了，那名傷者在緊急送醫後宣告不治。

這則不幸的消息是薇芳在兩天後，我們都快淡忘時告訴我的。

由於屬於意外事故，不免要接受警方例行性調查，但聽到死者名字時，我幾乎不敢相信自己的耳朵。

死者是前職棒球員張傳隆，以前在我國中青少棒隊短暫擔任過助理教練，對我也很照顧。那天躺在擔架上的他，可能因為血流滿面，讓我一時之間也認不出來。

不過對於以前在我周遭所發生的那件事，警方也略知一二，開始對我做出詳細詢問，認為我和張傳隆可能具有某種程度的密切關係。

為了親自釐清真相，我和薇芳約在附近的咖啡廳討論案情。

廳內的擺設雖然單調，但卻十分溫馨，很適合一個人消磨悠閒的下午時光。

「所以張傳隆的確切死因真的如報上所說那樣？」基於某些原因，讓我不再稱呼他為教練。雖然如此，每當這麼做得時候，還是會感到有些心酸，畢竟以前在青少棒隊時期，他也教了我許多東西。

「非常離奇，是被棒球擊中的。」薇芳說著。
我拿起咖啡緩緩喝了一口，這真的是我最不願意聽到的答案。
「詳細的現場情形是什麼樣子？」我好奇問著。
雖然瀏覽過相關報導，還是想從去過第一現場的薇芳口中得知更詳細的線索。
「我們跟著一名報案的貨車司機趕了過去，去到現場發現一名傷者倒在樹林裡。其實這名貨車司機不曾走進那片森林，而是在開車載貨下山經過時，隱約看見森林裡倒著一名傷者，才向警方報案。那是一條較鮮為人知的小道路，所以剛好有人經過，算是非常幸運的事，不過比較可惜的是，傷者還是送醫不治。」
「唉——」想到死者的名字，還是讓我無限感傷，不禁嘆了一口氣。
「李教練，我也知道張傳隆，過去我也很喜歡他——」
薇芳本來還要開口，但可能想到我不喜歡回憶起那些往事，她突然欲言又止。
看著擺在桌上的報紙，因為這件意外事件，我們兄弟受到以前那件事的影響，又再次被媒體挖了出來，讓我感到相當無奈，就像是永遠被烙上的痛苦印記。
這陣子相處下來，即使知道薇芳神經有些大條，但她已經察覺我真的不喜歡有人提起那些事情，所以後來談話都以「死者」稱呼張傳隆。
「那片森林長什麼樣子？」雖然我也很熟悉那附近的狀況，但還是想從旁人描述中，找出其他足以推翻警方目前猜測的所有反證。

「死者倒臥的地方剛好是位在那條馬路圍起來的半圓形森林裡，不過恰巧那塊半圓形內的樹木較為稀少，沒有很多遮蔽，才會讓球的力道那麼強勁。」

「為什麼警方那麼確定，是從球場打出來的那些球所造成的致命傷？搞不好是附近其他人丟過去的？」

「因為意外發生的前晚有下過大雨，所以死者倒下的地方，周圍都是一片泥濘。雖有留下許多腳印，不過都是死者自己的，因此警方只能判斷是遠距離飛行物所造成的致命傷。而且根據驗屍報告，死者的致命傷口，有一定的仰角幅度，極可能就是由高處落下的飛球，初步已排除是由現場附近平飛球造成傷口的可能性。警方觀察四周的狀況，唯一可能出現高飛球的地方，也只有附近的那座球場。」

我看著報上所描寫的致命傷，是死者的右太陽穴遭到硬物撞擊，和薇芳所述的現場狀況拼湊起來，確實不難判斷可能是從我們球場飛出的棒球所造成。現場附近遺留許多棒球，報紙所描寫的那片森林，我不但熟悉，更還去過不少次，因為每隔一段時間我也會帶隊前去找尋落在那裡的練習用球。

由於青苑少棒隊的這座球場屬於國小選手用地，因此在尺寸設計方面參照一般少棒規格，比正式成棒比賽場地小了許多。在為小選手們進行守備練習時，擔任打擊教練的我會自投自打，擊出各種飛球、滾地球，在高飛球方面總是會不經意將球擊出少棒場地。我屬於右打者，又習慣拉打方式，常常將球打進那片森林中，每次練習時至少都會有數顆這種飛球，一段時間後就會帶著一些選手前往那片森林，一同找回那些練習用球。雖說這些練習用球已經有些破舊，但都是善心人士的好意捐助，畢竟也是隊上重要資產，也不能就此任意浪費。

以往那片森林根本不會有人進入，距離旁邊的道路又有一小段距離，所以我一直都沒有特別在意是否會因此誤打傷人。但沒想到這種意外竟然還是發生，而且根據當天狀況推斷，死者極有可能是被振益的那幾球場外全壘打所擊中。雖然屬於意外，但還是會影響到選手們，尤其是振益本人的心情，所以到現在都還沒對他們提過這起事故。

但這種事情，卻因為死者屬於前職棒明星球員，之前還發生過一些醜聞，又是現任青苑少棒隊總教練以前的學生，不免讓媒體抓到新聞性而大肆報導，想要隱瞞都很困難。

警方後來在死者陳屍處附近，找到一顆染血的棒球，可以說這致命凶器已經非常明確。

「呃——」薇芳疑惑地問著。「為什麼一個小學生擊出的飛球能將一個成年人打死？力道有那麼強嗎？」

對於這個問題，一開始我也有些疑惑，但想起當天的突發狀況，卻也不是那麼難以理解。

當天發球機被調到一百四十公里，振益咬中球心的極速飛球，雖然歷經飛行中的空氣摩擦，還是具有一定的速度，恰巧又擊中死者頭部最脆弱的部位，才會發生這種慘劇。

我沉默了好一會兒，才又開口說著：「如果真的是被我們球場的棒球所傷，能打到那邊的球，就有一定的速度，剛好又命中死者的要害，才會發生這種情形。但是意外現場那邊那麼多顆棒球，真的很難說哪一顆是誰打過去的——」

雖然我很確定當天將球打進那片森林的只有振益一人，但針對這點我沒向警方透露過半句，只說明很難認定那顆球是誰打過去的。

但是經由媒體報導分析，要將球打進那片森林的遙遠距離，對一般小學生來說，還是具有一定的困難程度，所以紛紛將矛頭指向我這名當天案發時間唯一在場的成年人。

「嗯——」薇芳若有所思。「不過死者身亡時，手中握有一疊捆好的千元鈔票，真是令人匪夷所思。」

薇芳的這個疑點，被其他媒體記者和我以前發生的事情聯結在一起後，又讓我陷入更為不利的處境。報載死者會出現在那種奇怪的地方，手中又握有大把鈔票，不禁令人懷疑是受到威脅而前去交付贖款。

無中生有、任意抹黑，這就是新聞媒體讓我最痛惡的地方，以前的那件事讓我吃了不少苦頭，想不到現在這種惡夢又再次出現。原以為擔任地方基層教練，已經可以擺脫那種陰影，沒想到不管怎麼努力都只是在水平面上不停掙扎。

「天曉得妳們媒體記者就是這麼有想像力，才能夠扯出一堆故事。」

我有些不滿地抱怨著，但並不是針對薇芳，而是整個媒體環境，畢竟她是我現在唯一會接觸的媒體記者。

「才沒這回事，至少我相信你是清白的。」

聽她這麼說著，倒讓我內心感到比較舒適。

之後的話題總算不再圍繞在這次的意外事件，而轉移到我以前學生時代參與棒球的一些趣事。不知道為什麼，每當回想起以往苦澀的棒球回憶，和現在對照起來，都會有種莫可奈何的無力感。

幾天後，沒想到媒體焦點出現轉移。不知道隊上哪位選手漏了口風，坦承當天只有振益將球擊到那片森林，才讓其他媒體注意到這名怪物打者。但還好不是著重在這次的意外事件，而是將目光放在這次的複賽戰力分析。雖然警方最後以意外事件作收，事情好像就此草草結束，但對青苑少棒隊所造成的衝擊卻才剛剛開始。

儘管媒體不斷以正面描述報導振益驚人的打擊實力，但畢竟還是誤傷一條人命，怎麼可能會讓我們為此感到高興。有些筆調比較辛辣的媒體，甚至直接以「老天有眼、報應不爽、正義之球」等聳動字句，作為這次張傳隆意外事件的新聞標題，讓我看了真是百感交集。雖然振益並未針對此事多說什麼，不過身為教練的我，還是可以看出他因為此事而使心情大受影響，打擊表現更是每況愈下。

即使隊上士氣受到影響，複賽還是在這種不利的情況下展開了。複賽第一場比賽，遇上的對手果然比預賽強了許多，擔任第四棒的振益和先發投手俊龍表現都非常不理想。振益三次打擊不但沒有擊出安打，還被三振兩次，而俊龍先發不滿二局，就因為狀況非常不佳，被徐總換了下去。不難看出張傳隆的意外事件對他們所造成的心理影響，不僅是將球擊出的振益，就連當初只是惡作劇，將發球機調快的俊龍也蒙上陰影。

所幸在其他後援投手的封鎖和隊友的火力支援下，青苑少棒隊終於在六局下半追回兩分逆轉，以六比五的比數順利取得繼續晉級的資格。不過這種原本寄予厚望的選手，突然出現走樣表現，也造成往後調度的混亂局面。雖然這次幸運擊敗第一輪的複賽對手，但後面的比賽是否還能這麼順利，還是需要振益與俊龍的強力支援。

賽後重回青苑國小球場進行自主練習，每當振益站上打擊區時，總會先看向左外野一眼，隨後才開始準備打擊，這是以往不會有的小動作，當然也不排除是我之前沒有特別注意。即使在意外發生前後，振益的外表看起來並沒有很大變化，但打擊表現卻明顯下滑，雖然還是偶有長打表現，不過絕大部分都還是相當軟弱無力的滾地球。

我從以前就很擔心振益，因為他比賽經驗較為薄弱，心理素質恐怕並不健全，沒想到這種情形還是發生了。

我私底下找振益談過很多次，但他都表示沒有問題，會自己好好調整。即便本人這麼說著，但旁人還是一下就能看出問題依然存在。然而這種心理方面的問題，旁人再怎麼努力，也只能作為復原的輔助催化，真正關鍵還是在於振益自己要如何克服。

或許他只是一時受到過多媒體關注，承受不少這種壓力，才會如此走樣。如果是這種原因，以後一定有辦法可以解決，但我比較擔心是張傳隆意外所造成的內疚，讓他打擊變得非常不順手。

其實說得這麼容易，我想要是自己遇到這種情形，應該也是很難釋懷。即使知道張傳隆的死，是出於意外，並不是自己的過錯，但畢竟那顆染血的棒球，還是從自己手中打出，想要擺脫全部的道義責任，想想也不大可能。這種陰影究竟什麼時候才能從振益身上散去，我也不是很有把握。想著想著，讓我心情更為煩悶，深怕他這輩子會因為這次事件，而影響未來的棒球之路，甚至就此遠離這項運動。

在第二場複賽時，我與徐總討論後，決定將振益調到第八棒調適心情，而俊龍則是以外野手身分擔任第五棒。不過振益打擊表現還是很不理想，前兩個打數都被三振。反觀俊龍，畢竟還是身經百戰，一下就將狀況調整回來，前兩個打數都有安打的表現。

由於第二場複賽關係到是否能進入決賽，情勢變得相當緊張，雙方隊伍更在前幾局發生過本壘衝撞，又有觸身球的報復舉動，因此火藥味非常濃厚。

第四局結束時青苑國小和陵農國小以四比四戰成平手局面，而在五局上半兩出局，一、三壘有人，又輪到振益的打擊，基於前兩次都以相當誇張的方式被對手三振，還是忍痛決定將他換下。就在下達換人指示時，不知道為什麼振益突然衝向對方捕手打了起來，見到這種情形，雙方隊友全都從休息區衝了出來。

「你說那什麼話！」振益怒吼起來。

體型高大的振益，一下就把對方捕手壓在地上，臉上出現我從未見過的憤怒表情。但對方捕手的噸位，以少棒選手來說也不算輕量級，體型相當的兩人因此陷入扭打。

「幹！你懂什麼！」原先還在三壘的跑者俊龍，一下就奔向本壘支援振益。本來應該在第一時間率先阻止這場暴動的主審，因為正和我們確認代打選手，人在我方休息區而不在第一現場，這才讓雙方選手趁著這個機會打起群架。

不一會兒，我早已衝入人群，把想替振益出氣而準備毆打捕手的俊龍，強行拉了出來。雖然還不清楚發生了什麼事，畢竟在關鍵時刻為了這種事情讓王牌投手受傷，真的很不值得。隨後其他工作人員費了一番工夫，終於將雙方選手錯開，總算平息這場打架風波，但比賽還是因此暫停了半小時之久。

不過小孩畢竟還是小孩，不像成年人失去理智的嚴重情形，即使雙方大打出手，還是沒有造成任何選手的明顯傷勢，算是不幸中的大幸。

「教練，你為什麼要拉開我！那個捕手真的很欠打！」在比賽暫停期間，俊龍突然跟我大肆抱怨。

我盯著俊龍忿怒的眼神，也緊皺眉頭問著：「到底發生什麼事？」

一旁的徐總正在和振益釐清事情始末，徐總的神情看起來相當憤怒，這讓我非常擔心。國中時期就領教過徐總極為嚴厲的作風，非常清楚他相當重視團隊「紀律」。即便到了現在，我想還是沒有絲毫改變，因此對於這種事情他一定會非常在意。

「我都聽到了！連我站在三壘那邊都聽到了！他們的捕手在振益被換下去時，對他說出挑釁的話語！」俊龍激動地說著。

不知道從什麼時候開始，俊龍已經不再仇視振益，甚至成為這次群架事件中，憤怒程度僅次於振益的親密戰友。

對外作戰時，內部必須團結一心，這種化敵為友的轉變，本來就相當容易出現。即使之前團體內的兩人，再怎樣互看不順眼，但當目標一致時，同仇敵愾的幹勁，一下就能將兩人的心結瞬間解開。其實我很樂見這種群架事件的出現，因為這是凝聚整個團隊的最好方法。

但我想徐總可能並不這麼認為，因為以前在國中對外比賽時，我們也曾出現過群架事件，雖然最後還是拿下勝利，然而比賽結束後，所有參與打架的成員，全都無一倖免受到了嚴厲懲罰。不過那些曾經一同捲入球場群架事件，後來又一起被徐總處罰的好夥伴們，直到現在感情都還非常要好。

「他說了什麼？」我好聲好氣問著俊龍。

俊龍情緒激動並緊握雙拳說著：「他說、他說振益是廢物，整個青苑都是廢物，還加了一句『殺人兇手』！不要說振益想打他，我都想先從三壘衝回來揍他一拳！早看他們隊不爽了！」

我想張傳隆的意外死亡，真的讓這兩人的命運從此糾結在一起。如果當初俊龍沒有將發球機調快，間接參與到意外事件，今天發生這種事，他還是會替隊友出氣，但不會像現在如此憤怒，畢竟對方捕手那句「殺人兇手」也間接挑釁了俊龍。

看著小選手們這種純樸而直接的反應，有時候都想會心一笑。他們往後如果走上職業道路，各種訕笑、毀謗甚至是挑釁，對職業選手來說也不過是家常便飯。

「唉——」我輕嘆了口氣。「你怎麼可以這樣，不是跟你們講過，要在場上正正當當對決，不能靠暴力解決。」

即使我心裡非常樂見俊龍與振益能化解心結，以及打群架這種激勵團隊士氣的方式，但在表面上還是要遵照徐總指示，教導他們一些傳統的處事哲學。

「講那什麼話！丟不丟臉！」

徐總怒吼一聲，將眾人的目光全都吸引過去。

「我——」振益相當氣憤，但還是不敢回嘴。

「啪！」

突然傳出一響清脆的巴掌聲，徐總顫抖的老手往振益臉頰奮力打了過去。

看到這種情形，俊龍原想上前去為振益打抱不平，但被我使勁一把拉住。因為我很清楚徐總的個性，目前他老人家正在氣頭上，應該什麼話也聽不進去。

受到這種衝擊，振益只是回瞪徐總一眼，便往場邊廁所方向跑了過去。

經過一段時間的裁判會議，主審決定將群架事件起頭的兩人，振益與陵農國小捕手下達禁賽處分，同時還有幾名動作比較大的選手也被記上警告。

還好我當初及時拉住了俊龍，否則他不但會被記上警告，甚至還可能遭到禁賽處分。

被人說成是「殺人兇手」的委屈，我想振益與俊龍的憤怒，我也能夠體會，因為以前那件事，我也被人無故牽連，受到非常不公平的對待。看著平時個性還算憨厚的振益，竟然會做出這樣的舉動，除了驚訝以外，還令人感到相當難過。我還是由衷期盼，希望他能夠早日脫離那件意外的陰霾，在未來的棒球路上，充分發揮他那驚人的天資，好彌補我在進入職棒之路上的缺憾。

等到振益高大的身影，再次浮現眼前時，雖然雙眼留有哭過的淚痕，不過情緒卻已經平穩許多，對於裁判的處分沒有多說什麼，只是默默坐回休息區。

就在裁判指示比賽即將繼續進行，眼看俊龍就要重回三壘壘包前，振益突然一個起身，並緩緩走向俊龍小聲說著：「剛剛謝謝了！」

「你放心，我一定會幫你報仇的！下一局我會跟教練請求要上場擔任救援！」俊龍雙眼炯炯有神，豪氣地拍著振益寬大的肩膀。

雖然這一幕只有短短幾秒，卻還是帶給了我無限感慨。小孩子的吵架在成年人眼裡，有時候儘管相當火爆，甚至還會演變成大打出手的局面，但至少都會表現出自己情緒上的所有不滿。然而隨著年紀的增長，我們反而都將真實感受埋藏內心深處，一些小舉動甚至比小孩子吵架的原因都還沒有意義，或是在無意間得罪了什麼人，最後反而是在背地裡，悄悄被人展開報復行動。相較之下，或許像小孩子那樣互看不爽大幹一架還比較光明磊落。

況且小孩子雖然會有非常外顯的仇恨感，但總是維持不久，不像心胸愈形狹窄的成年人，會因為小事爭執而懷恨在心，就算事後勉強和好，也僅止於表面功夫，往後卻還是不斷尋找機會另行刁難。

看到他們兩人不但解開心結，又成為義氣相挺的親密戰友，雖說是我最想見到的結果，卻也令我羨慕不已。拉不下臉的成人世界，就很難出現這種和解場景，這麼多年來，我也很希望能夠和一個過去極為親密的人和好如初，但不善表達感情的我，卻總是無法踏出這極為艱難的第一步。

等到雙方球員均重回場上位置後，主審宣佈比賽重新開始，陵農國小被迫換上第二線的候補捕手。由於這名選手才只有四年級，球感、球技等各方面經驗看得出來相當不足，投手投出的第一球，就發生捕手捕逸的致命失誤，免費奉送青苑國小超前的寶貴分數，使我們暫時以五比四領先陵農國小，也使原本在一壘上的跑者藉著這個機會跑向二壘。

對方投手可能因為剛才休息過久，或受到捕手配球的影響，又保送了我方第九棒，形成一、二壘有人的局面。輪迴第一棒的快腿隊長王進銘，雖然只擊出了軟弱的內野滾地球，不過對方游擊手傳球有些偏了方向，讓進銘成功安全上壘。由於兩出局後，壘上跑者一開始就已起跑，也讓原本在二壘的跑者一口氣衝回本壘，等到陵農國小一壘手驚覺之時，早就為時已晚。

經過整個半局的進攻，讓原本只能一路苦苦追趕的我們，終於首次以六比四領先對手。五局下半換上請纓上陣的「火球阿龍」，不但成功封鎖住打線火熱的陵農國小，還飆出超過一百公里的快速球，這下總算恢復了以往的王牌水準。六局下半，俊龍更是連續三振三名打者，成功帶領青苑國小以六比四擊敗強敵陵農國小，順利取得晉級總決賽的資格。

當裁判捉出最後一個出局數時，青苑國小的全體球員全都衝了出去，彷彿打贏總冠軍般地欣喜若狂。振益更是直接衝向投手丘，和俊龍互相擁抱慶賀，算是給先前挑釁他們的對手，一個終生難忘的慘痛教訓。

回想自己發生那件事以後，就此與那個人漸行漸遠，兩人本來如此要好、如此親密，但往日的同樂時光，如今卻只能成為反覆出現的深夜夢境。

看著場上小將們的滿心喜悅，再看看自己手上的賽程表，距離取得出國代表資格，只剩下最後一場比賽，但能否順利奪冠，當然仍是個未知數。但截至目前為止，這一場場的比賽，似乎已經讓這些即將畢業的六年級選手們，留下一個難以忘懷的珍貴回憶。尤其是本來感情不睦的隊友，因為一場場比賽的共同努力，更讓整支隊伍的向心力愈趨凝聚、愈聚愈緊。

我真的很羨慕這些單純的小選手們，能夠一下就重歸於好，然而我自己的那件事，又該如何踏出第一步？

◎三局下半　野手選擇

兩聯盟分裂、球團解散，這些事件讓職棒陷入前所未有的黑暗期。從那以後，我就不再關心職棒。

還記得在我國三下學期時，某日在校園中偶然和徐總擦身而過，雖然對於徐總將我從校隊除名之事，我那時依舊懷恨在心，但基於師生情誼，我還是禮貌性地打了招呼。想不到徐總不但沒有理會，竟還在我轉身回望時，冷冷對他旁邊的人說著：「他是誰？我又不認識！」

就是這句話，讓我對徐總更為失望。好歹我在南茗青少棒隊也練了將近一個學期，從加入校隊開始，每次練習不但不會遲到，更還會提前到場，到現在竟然都還不知道我是誰。根本打從一開始就沒把我放在心上，將我除名的事更可說是沒有經過仔細觀察，完全只是一時興起，就這樣任意抹殺了我的所有努力。埋藏一年的不滿情緒，這時全都湧上心頭，甚至可說是更為氣憤難耐。

回到宿舍後，我把國一團體活動課，那些關於徐總的新聞剪報簿全都翻了出來，二話不說直接拿去「燒」掉。現在回想起來或許非常幼稚，但對一個小孩來說，那是當時所能想到最好的發洩方式。

如果只從剪報描述內容判斷，徐總應該是一個很正直的英雄人物，但在實際和他相處以後，卻讓我大失所望，甚至非常不能苟同他這種草率待人及訓練選手的方式。

徐總的這種態度，真的再次激起我加入職棒的決心，不管往後還有多少困難，我就是想要讓他刮目相看，好好記住我的名字，這個他不曾指導過任何球技的學生。

為此我和張教練談過，他建議我開始好好準備考試，不以體育保送管道申請學校，而以正式升學考試進入高中。至於校隊經驗問題，他表示會去跟我未來的高中老師證明，我先前確實有參加過棒球名校南茗青少棒隊。

張教練建議我不要以傳統棒球名校為目標，反而要以一些實力比較弱的棒球學校為主。畢竟難保不會在名校高中又遇到像徐總這樣的教練，也就是只以戰績為首的傳統教練。如果在實力較弱的棒球隊，以我的資質，反而更有機會出頭，等到申請大學時，再以各項大賽的醒目表現，爭取進入體育學院的機會。

依照張教練的建議，我開始用功讀書。當然，我的成績本來就不是很好，不可能因為突然用功而讓課業突飛猛進。經過半年的努力，最後總算如願考上了理想目標，一間擁有棒球校隊的高中，儘管這支球隊的戰績一直很不理想，但至少還能延續我的棒球夢。而後更在張教練的引介下，讓我順利進入了高中棒球隊，從此展開我的高中棒球生涯。

能再次踏上棒球的夢想征程，真的需要好好感謝張教練的一路支持，但就另一個角度來說，也得感謝徐總這種對人的態度，激起我再次重拾棒球的決心。

而張教練在我高二下學期時，也離開了南茗青少棒隊的助理教練職務，順利加入職棒。俊帥的外型和他驚人的球技，一下就吸引不少女性成為他的死忠球迷，我那時真的感到相當榮幸，竟能認識這位待人親切的職棒明星。

進入弘武高中青棒隊時，由於頂著南茗青少棒隊的光環和張教練的推薦，一下就讓我受到隊上教練重用。

但另一個問題反而因此衍生。

因為擁有這樣的背景，讓我在隊上受到很高的期待。高一剛進球隊之時，因為教練有在所有隊員面前特別介紹，從此以後就常聽到學長們半開玩笑說著，說我絕對是下一屆的隊長人選。

由於教練認為缺乏一個有力的三壘手，不顧本人意願，就這樣讓我在半強迫下開始練起內野手。

一開始還想爭取成為投手，因為看著那些二、三年級的學長們，老實說球速和控球可能都沒有我來得好，讓我有些看不下去，會想要取代他們。

但這種念頭很快就被打消，因為教練和一些學長對我期待很高，讓一些人看我很不順眼，認為我不過是靠著南茗青少棒和張傳隆的加持，才能受到教練的這種關愛。

進入球隊的第一個星期，雖然我曾透露想要擔任投手，但那時教練尚未正式確定未來方向，卻在一次練習完畢後有了極大的轉變。

那天晚上一群學長把我叫了過去，說要請我吃一頓飯，我不疑有他，就直接和他們走了。想不到這卻是一場鴻門宴，請我吃的不是「飯」，而是一顆顆結實的「拳頭」。

我知道在棒球隊歷來的傳統中，學長學弟制非常深厚，但我很不明白，我才剛進球隊，到底做了什麼事讓這些學長們這麼不高興。

後來幾個和那群學長比較要好的同屆新生，才偷偷透露因為我威脅到他們的投手地位，希望讓我明白高一剛進來，不要就想搶學長的位置，才會請我吃了這頓「飯」。

一開始受到這種無理對待，真的很想將這件事告訴教練。但後來聽幾個比較熟的同屆新生說，教練對這種事只會睜一隻眼、閉一隻眼。畢竟教練以前也是從學生棒球隊出身，對這種學長學弟制一定非常清楚，如果告密的話，不但事情不會獲得解決，往後的日子也只會更加難過。唯一的辦法，也只有等到這些學長畢業，自己成為學長後，這種被欺壓的事情才會獲得改善。

以往待過將近半年的南茗青少棒隊，雖然也有這種不合理的制度，但也許因為徐總管得緊，又有張教練時常陪伴選手，學長學弟制並不至於非常浮濫。但在弘武青棒隊中，教練不怎麼管事，甚至不常出席練習活動，講明白點就是所謂的「掛名教練」，所有校隊活動都由高年級學長主導，才會發生這種情形。

所謂人在屋簷下，不得不低頭。既然主導者就是那些學長，我也只能聽從指示，開始擔任三壘手的守備位置。

但在國中時期，自主訓練的主要項目都是投手，讓我非常不能適應。傳球臂力和準度我還沒什麼大問題，但問題就出在接球這方面，尤其是滾地球，判斷力向來不好的我，時常讓球從我兩腿間「過山洞」，或是讓球彈到自己身上，而不是手套中，因此挨了不少學長們的嚴厲責備。這下讓原本就看我不爽的學長，更加找我麻煩。常常丟著一堆球具或是場地要我一個人整理，說是對我練習不專注的懲罰。

不管我怎麼努力，就是很難將滾地球接好，甚至有學長開始覺得我是因為想當投手，才故意在內野守備位置擺爛。

球隊在段考完後有個傳統，就是大家會一起出去聚餐，但因為那些學長認為我在守備位置總是擺爛，讓他們又額外請我吃了另一頓「飯」。

我可以理解他們的懷疑，但我不能接受他們的處理方式，好歹我每次練習都有認真去做，只是做得不是很好罷了。

就這樣經過一年的訓練，雖然在守備技巧上沒有很大長進，但在打擊方面卻有了前所未有的提升。國小的「紙球」時代，雖然時常擔任打者，但那種幾乎一手就能揮擊的輕巧「紙棒」，幾乎用不到任何腰力，可以說根本不需要打擊技巧，與真實的鋁棒、縫線球相差甚遠。國中試著打過幾次，但效果不是很好，甚至有幾次還讓徐總對我更為生氣，氣到叫我滾回去好好練習。也由於這個緣故，讓我國中幾乎完全專注在投球練習。

在弘武青棒隊裡，由於教練管理較為鬆散，反而讓我有更多機會得到學長的單獨教學。並不是所有學長都只會一味欺壓學弟，隊裡還是有一些很懂得照顧學弟的前輩存在。也因為如此，讓我打擊的基本動作能夠逐漸扎實起來。

不過我打擊雖然有進步，還是僅限於從碰不著球到能夠打到球的這種程度。因為大部分都只打得出內野滾地，如果能將球打到外野，即使被外野手接殺，對我來說還是非常令人振奮。可想而知，想要用打擊來彌補我守備上的缺失，恐怕還有一大段距離。不過就在高一下學期快要結束之時，因為一次練習接球時的求好心切，讓平飛球直接擊中我接球的右手前臂，造成輕微骨折，讓我整整休息了兩個月，等到再次回到場上都已經升上高中二年級。

當我升上二年級時，弟弟也剛好升上國中一年級，想不到他跟我一樣就讀南茗國中，順利加入青少棒隊。那時的教練還是徐總，不過弟弟很早就開始練球，也有不錯的基礎，反而沒有被徐總多加刁難，或許也可以解釋為，徐總根本沒有想到他的哥哥會是我，我這個讓徐總完全沒有印象的陌生人。弟弟優異的表現很受徐總喜愛，甚至在各項青少棒比賽中都有相當出色的成績，剛好那時也是張教練在南茗的最後一年，得知是我弟弟後，也對他非常照顧，成為隊上備受矚目的明日之星。

以往逢年過節回家團聚時，我都會和弟弟切磋球技。他喜歡擔任打者，而我偏愛投手，常常在放假時前往運動公園練球。即使弟弟表現非常優異，但我畢竟還是擁有青棒等級的「體型優勢」，依舊可以輕鬆克制他的打擊。每當出現這種情形時，弟弟都會很不服氣，誓言往後一定要將我徹底擊敗。但因為年齡上的差距，讓我每次都有「體型優勢」，即使這種宣言從小就聽到大，但弟弟始終沒能得逞。但高中那次對決以後，雖然還是由我取得最終勝利，但反而是弟弟和我作了約定，相約以後一起進入職棒，一同在球場上正面對決。我想等到那個時候我應該也不會再有「體型優勢」，可以正正當當進行兄弟對決。我對此也表示欣然同意，更滿心期待這天的到來，不然每次都勝之不武，贏得也很沒有意思。

雖然弟弟在青少棒的發展相當順利，讓我感到非常高興，但自己的棒球之路卻反而相當不順。手臂傷口雖然復原，但那次骨折所造成的心理影響，卻一直揮之不去。重回三壘手守備位置後，我變得更怕滾地球，甚至開始閃躲。

由於升上二年級，理所當然成為學長，以往那些會刁難我的學長大部分也已畢業，但那些主導隊務，也就是剛升上三年級的學長，還是有幾個當年請我吃「飯」的人，因此對我這種情形雖然沒有多加為難，還是用別的方式加以對付。

由於高一新生招收到一名本來在青少棒時期就擔任三壘手的球員，打擊和守備都相當優異，一下就破格受到重用。

以往在弘武青棒隊裡，擔任高中聯賽的主力選手都以高二、高三為主，我不知道是不是對於以前想當投手的事還懷恨在心，或是真的看我很不順眼，在那時的二、三年級選手中，只有我專練三壘手，不管表現如何，好歹也努力了一整年，想不到隊長在高中聯賽時，卻以那名新生做為先發選手，反以我為候補選手。

或許戰力是種考量，但隊長卻刻意解釋將我視為祕密武器，不到緊要關頭，還是不要輕易上場。在教練不怎麼管事的弘武青棒隊，隊長相當具有權威，甚至該說比賽名單根本就是由他決定，即使這讓我相當不滿，還是只能乖乖聽從學長指示。

雖然在打擊方面比以前出色許多，但高一的這名學弟完全取代了我的角色，讓我在隊上就此被冷凍起來。一開始的比賽，遇到的隊伍還不是很強，隊長總是以那名學弟做為先發，說要讓他多練一練，到了後面幾場，對手實力強上許多，才換我先發。

美其名將我視為祕密武器，但我真的很希望能從較弱的隊伍開始打起，這樣才能逐漸掌握比賽球感。如果一上場就遇到難度較高的對手，連比賽球感都還沒抓到，就突然面對強手，想要好好表現當然非常困難。

不是想為自己辯解，這種情形真的可以說是一種惡性循環。任何運動項目都是一樣，沒有循序漸進由弱而強，即使一直都有隨隊練習，還是跟正式比賽的臨場感大相逕庭。想要從賽係中、後段才臨時上場，又要有好的表現，除了實力夠強以外，機運將會扮演相當重要的關鍵因素。板凳球員因為缺乏球感而表現不理想，也因為如此又要重回冰冷的板凳隨時待命。

後幾場比賽才換我擔任先發選手，由於缺少之前的臨場感，讓我一直很不能適應。沒多久就因為表現不佳遭到撤換，改以前幾場表現還不算差的學弟上場。

看著一個個同屆同學在場上有著不錯的表現，真的非常令人羨慕。雖然隊長也說過，不是沒有給我機會，而是自己沒有好好把握，但我還是覺得這種調度很不公平，畢竟其他同屆同學無論表現如何，都還是上場先發。

本來弘武青棒隊就不是以戰績為首的學校，一直秉持著多讓二、三年級選手上場的比賽原則。但沒有人像我一樣，已經當了學長竟然還被學弟取代，感覺就被狠狠擺了一道。擔任這種板凳球員的心情真是複雜，明明當自己隊友有好表現而高興喝采的同時，卻在內心深處又希望他們能夠失常演出甚至受傷，這樣一來自己才有上場的機會。

記得國小聽棒球轉播時，當教練團在關鍵時刻，往往就是得點圈有人的寶貴機會，為了戰術運用而換上代打，希望能將比數追平或是超前，若是這名代打者表現不佳，讓球團失去得分機會，我都會在下意識咒罵這名球員的無能。但現在自己遇到這種情形，才開始理解板凳球員的苦衷，這才發現以往那種球迷心態真的很不應該。

就這樣，二年級的高中聯賽，我都以板凳球員身分度過，其他比賽也不例外，讓我心情非常鬱悶。如果就此下去，沒有打出好的成績，要進入好的體育學院恐怕非常困難。這讓我相當煩惱，真的不想就此結束進入職棒的夢想。或許也可以說，除了棒球以外，書又讀得不好，沒有其他謀生技能，讓我已經沒有退路。

就在二年級下學期剛開學的時候，張教練特別來學校探望我，並帶來他要加入職棒的好消息。這次來訪還有另一位我意想不到的客人，便是我國中最要好的朋友林泰謙。泰謙後來進入榮工青棒隊，那裡可以說是集合了不少當時的精英選手。這些當時的精英選手，有幾名現在都還在職棒界活耀著，甚至有些更出色的球員是在美國、日本奮鬥著。

泰謙告訴我，他已經站穩二號先發捕手，而且不要以為跟以前在南茗青少棒隊聽起來一樣，在榮工隊裡想要站穩二號捕手，需要很好的表現，更別說是一號捕手了。

他還時常回去南茗國中教導學弟，所以和張教練非常要好，同時也認識我弟弟，認為我弟弟真的是個難得一見的天才打者，以後一定能有很好的發展。

聽到張教練和泰謙都這麼稱讚弟弟，讓我感到相當與有榮焉，更讓我非常期待往後和他在正式球賽上的當面對決。反觀我在這邊的發展，真讓自己都想搖頭嘆氣。也許與弟弟一同加入職棒的夢想，會在高中就此劃下句點。

我將自己在弘武青棒隊的近況告訴他們，他們表示非常訝異，以為我在這裡擔任投手，沒想到竟然是三壘手。他們認為我很適合成為投手，我也表示礙於學長學弟制，讓我無法順利達成願望，但他們卻鼓勵我爭取三年級時改練投手，畢竟到時候也已經是隊上最資深的學長，總不會有學弟阻止我吧！

泰謙更還提出建議，邀我在升上三年級的暑假，可以去中華中學找他練球，甚至是一同參加暑訓。他有認識很多非常優異的投手學弟，應該對我很有幫助。

我聽從他們的建議，在高三學長畢業後，我向同屆新任隊長提出轉練投手的請求，基於同屆情誼，他也沒有對我多加刁難，不管事的教練對此也沒有任何意見，終於讓我如願以償開始練起投手。

高中的最後一個暑假，我都在中華中學度過。許多選手都在放假時回家，還好有泰謙義氣相挺，留下來陪我練球。他真的已經不是以前那個南茗時期的二號捕手，無論是接球、傳球、擋球還是配球，都有相當水準的躍進。其他留在學校自主訓練的高一新生，有幾名甚至就是後來的旅美好手，剛好也趁這個機會跟他們學了一些以前沒學過的球路。我想，他們現在應該已經不記得我這個當初和他們一起練習的校外人士，畢竟大家後來命運可以說是南轅北轍。

我和泰謙常常在練習結束後的晚上，一起在泰謙宿舍觀看職棒轉播，為的是觀賞職棒明星張傳隆的精彩表現。不同以往的收音機，電視轉播可以將選手所有表情，全都捕捉地一清二楚。張教練的優異守備和打擊技巧，讓他在電視上看起來非常搶眼。

那時剛好是炎炎夏日，還只是高中生的我們，已經開始喝起清涼的啤酒。累積一天的身心疲累，這時候能大口喝上啤酒，真是最大的享受。看到張教練的表現與場邊球迷的喝采，總讓我們羨慕不已，並發下豪語要一起加入職棒，而且還是同一支隊伍，成為最佳的投捕搭檔。

時序很快就進入高三秋天，也是高中聯賽的密集時期。新任隊長和教練雖然同意讓我轉練投手，但對我的實力有所保留，因此不敢貿然讓我上場。在幾次比賽的敗戰處理中，我表現得還算可圈可點，終於在後來的金龍旗比賽中，取得先發投手的寶貴機會。

我知道這次先發應該是最後一次機會，因為在畢業之前已經不會再有這種正式比賽。而那時候金龍旗每場比賽都有電視轉播，讓我對此感到興奮無比。

努力了這麼多年，終於能在正式場合擔任投手。但弘武高中整體實力本來就不是很好，而金龍旗又是單淘汰制，想要取得晉級資格，真的非常困難。對於能夠打到第幾場比賽，大家也不是很有把握，但我還是相當重視這最後一次的先發機會。

該說我們弘武高中不但實力並不堅強，就連運氣也很背，根據抽籤下來的結果，第一戰就遇到榮工隊的主體中華中學，也就是泰謙就讀的學校。即使如此，我還是不願多想，甚至認為這是讓我給眾人刮目相看的最好時機。

比賽當天泰謙有先跟我打過招呼，雖然不希望我們擊敗他們，但還是要我好好加油，爭取球探的注目。

由於實力相差懸殊，中華中學並沒有派出最強陣容，讓身為二線捕手的泰謙順理成章成為先發捕手。

站上投手丘，要在眾目睽睽的情況下投球，真讓我緊張不已。但努力了這麼多年，受到這麼多不公平的對待，終於還是以先發投手身份登上了投手丘，真令我感動不已，甚至有種想哭的感覺。

但這種感覺一下就被比賽氣氛所吞噬。

比賽一開始，那緊繃的氣氛真讓我非常緊張，面對第一名打者就投出四壞球保送，不過在投了那幾球壞球後，手臂總算比較適應。接下來兩名打者都遭到我的三振，其中還有幾球事後重看轉播，才知道球速飆到將近一百四十公里。

以一名左投投出的球路來說，在視覺上會造成打者更快的速度錯覺，或許因為如此，讓他們打起來不是很順手。

前四局結束，雖然出現過零星的兩支安打和兩次保送，但投出了六次三振。其中一支安打就是泰謙的打擊，不過我方隊友打擊完全熄火，也許因為實力還是有一大段差距，不但沒有安打表現，還吞下多達十次的三振。

五局再次面對泰謙，在沒人出局下又被他擊出二壘安打，他真的對我所有球路非常熟悉，我那時甚至想說若能完投九局搞不好會被他打出完全打擊。

但這種疑慮一下就消失，因為他被教練換了下去。一開始還有些摸不著頭緒，直到事後才從泰謙那裡得知，他們的教練一開始比較輕敵，派了許多二線球員上場，後來看到狀況有些不對，還是決定換上正規球員。

即使如此，我還是讓下一名打者吞下三振，飆出一百四十二公里的速球，接著又讓下一名打者擊出內野滾地。想不到這時隊友竟然發生失誤，讓二壘上的泰謙跑回本壘拿下第一分。

那時候沒有多想什麼，只想盡力投好每一球。但接下來弘武高中卻如傳染病般又發生兩次失誤。我也受到影響投出兩次四壞球，接著又是一個暴投，讓中華中學一口氣再攻下四分，形成五比零的領先局面。

就這樣，在沒有投滿五局的狀況下，被教練換了下場。兩隊實力還是相差懸殊，最後弘武高中就被中華中學以十二比零提前結束。

這場球賽雖然慘敗，但我前幾局還是有相當不錯的亮眼表現，即使失了五分，卻只有一分是自責分，也讓一些人開始對我產生興趣。甚至也可以說是因為這場球賽，讓我高中畢業後得以如願以償和泰謙進入同一所體院擔任投手。事隔四年終於再次成為隊友，而且這次還是正式隊友，不像國中那樣只能以「幽靈」身分遊走在校隊邊緣。

雖然我的職棒之路總算出現轉機，但卻在報章媒體上傳來一件不好的消息，讓我和泰謙都驚訝不已。那就是當時的職棒爆發簽賭案，球員收受黑道賄款打起假球，好讓他們能夠操弄比賽結果，從簽賭中牟取暴利。涉案的球員名單中，竟然驚見我和泰謙都相當敬仰的職棒明星球員張傳隆。

我不敢相信竟然會發生這種事，本來還想將我順利發展的近況告訴很久沒有聯絡的張教練，卻在這時候發生這種事情，讓我心情複雜不已。

我不敢相信，真的不敢相信——

◎四局上半　衝突

雖然青苑國小順利晉級總決賽，但將遇上強敵開明國小，而受到禁賽處分的強棒振益也將不能上場，讓我們陷入非常不利的局勢。

開明國小雖然在正規比賽並不是前幾名的頂尖隊伍，但在這次大賽中卻是最被看好的學校，尤其是他們堅強的投手群，更讓之前遭遇的對手，吃下不少鴨蛋。

決賽預定在一星期後舉行，這幾天小選手們從中午開始，就屬於校隊的額外練習時間，不需要回教室上課。雖然對於校隊來說，以球隊成績為重好像是天經地義的事，但我多少還是會擔心這些孩子們的未來發展。

並不是每個選手在往後都會繼續朝向棒球發展，若是轉換跑道，尤其是改以升學為目標，在國小基礎上就已經差人一截，國中的落差又有一定的程度，想要後來居上，可以說幾乎不太可能。

我也是過來人，也很清楚當大部分時間都花在練球的時候，根本就無法兼顧課業。從國小練球以後，大部分的作業都是抄同學的，即便後來的國中、高中也不例外，當然考試成績也一直很不理想。老師知道我以體育為目標，才對我課業沒有刻意刁難，算是在通融中勉強過關。

一些升上國中或高中沒有繼續練球的同學，在課業原本就沒有很好的基礎，到後來也跟不上進度，大多只能草草念完學校以後，就出去找一些與勞力比較相關的工作。

我不希望這些小選手們重蹈我的覆轍，因此很著重培養他們的第二專長，畢竟真的不是每個人都有意願或是能耐走上職業的道路。至於成效究竟如何，我也不知道，但我所能做的也只有讓他們盡量減少以後的遺憾。

張傳隆的意外事件，真讓我五味雜陳。過去在國中有過短暫接觸，並不認為他會是那種參與打假球的人。但事情還是這麼發生，後來不但遭到判刑，同時也受到球禁。一個本來前景看好的職棒明星就此被迫劃下不光彩的句點，這讓我相當難以接受，甚至非常瞧不起他的這種行為，再也不想承認這名以前曾經教過我的教練。

因為有過簽賭的不良記錄，張傳隆最後以球擊意外結束生命，才會有媒體以「正義之球」描述張傳隆所受到的報應。

自從多年前爆發簽賭案後，他從此失去聯絡，想不到前幾天竟然會出現在那種地方。不要說媒體將他死亡時手中握有的大把千元鈔票和簽賭聯想在一起，連我自己都會浮現這種想法，但對於媒體有事沒事就喜歡把以前那件事再次翻出，讓我真的非常反感。

他帶著大把鈔票來到青苑少棒隊是想做些什麼？是單純巧合還是想要找誰？

不管我怎麼左思右想，卻也找不出合理解釋。難道張傳隆想找的人是我？難道那些鈔票是想把簽賭的魔掌伸入少棒？

這件事雖然警方以意外作收，沒有再深入著墨，但我真的很擔心事件背後還有這種深沉的可能。我痛惡簽賭的行為，更何況如果又是收受賄款的那種假球惡行。這些年來，我不知道張傳隆去了哪裡，但他的這項前科，讓我相當感冒，尤其是後來在自己身邊又發生了那件事，害得我們兄弟可以說到了家破人亡的地步，讓我非常痛恨這種事情。

即使案子已經結束，但我認為應該沒有這麼單純，所以在某日上午，我獨自前往那片森林，想要親自釐清疑點。

由於這幾日天氣還算晴朗，森林中不像前幾次來時那般泥濘，但不平的地形，還是沒有那麼好走，真不知道張傳隆為什麼會來到這種地方。

四周的樹木並不茂盛，站在張傳隆的陳屍地點，可以看到不遠處的產業道路。這條產業道路以半圓型的方式環繞這片林中空地。而這塊空地還不算小，所以要剛好被青苑少棒隊擊出的全壘打球擊中，機率可說是微乎其微，更何況還要剛好命中最脆弱的太陽穴，種種因素湊合在一起，以人為觀點來說，真的不太可能，難道這就是天意？

「喲，年輕人，有什麼事嗎？」一名穿著汗衫的男子走了過來，模樣看起來很像貨車司機。

我感到相當疑惑，為何他要過來這裡。

「你不知道這裡很危險嗎？」他驚訝地說著。

「這裡？為什麼？」

「這裡前陣子才有一個人剛好被那邊飛過來的棒球打死！」他指向我們那座球場。

聽他這麼一說，再仔細觀察他的長相，我猜想他會不會就是那天發現張傳隆的那名貨車司機。

「你是不是那天發現死者的那個司機？」

「我？你怎麼知道？」

「我就是那座球場的教練啊！」

「喔，原來如此——」司機聽到我這麼解釋，發出了恍然大悟的感嘆。「難怪覺得你身型這麼眼熟，因為平常看到你帶小朋友來這時，都戴著棒球帽。」

「所以你之前就看過我們？」

「當然啊！我每天早上會經過這裡，下午又會再來一次，所以有時候會看到你們在這裡找棒球。」

「原來如此——」

聽到司機這麼一說，我倒不知道原來從產業道路那裡可以將這邊的狀況看得一清二楚。因為這塊林中空地地形與樹木的關係，反而讓四周產業道路變得若隱若現。

「不過你們球場真的很誇張，竟然隨隨便便就這樣把人打死，你這教練是怎麼當的！」

受到這名司機突如其來的責備，讓我感到相當莫名其妙，但這時候如果直接把不滿情緒反應出來，大概會就此產生衝突。不願和他多做辯解，我只是笑笑地承擔他的怒氣。東看西看也沒什麼特別奇怪的地方，我決定離開這裡。

下午回到球場，小選手們已經開始做起暖身動作。自從發生那件意外後，在綜合守備練習時，我都會特別留意，盡量不將球打進那片森林，不過偶爾還是會有失控球的出現。

就連與事件無關的我都因此不太敢用力擊球，更何況是當事人振益。從那之後，我發覺振益無法輕易放手揮擊，整個人的姿勢都有些走樣。

間接參與這件意外的俊龍，從前一場複賽看來，已經恢復以往水準，但振益的狀況則讓我十分擔心。

下次的總冠軍賽就算輸了也沒關係，但我不希望振益為了這件意外變成這種樣子，他真的是難得一見的天才型打者。以少棒界來說，很難找到他的打擊死角，但現在卻因為自己放不開，變得漏洞百出。

我將這點疑慮告訴徐總，他並未對此表示意見，只說這是振益自己才能克服的障礙。徐總的作風，向來就不太會去干涉選手的心理層面，然而這種強硬的舊式風格，卻讓我很不以為然。但畢竟還是要敬老尊賢，這種關心選手的事，也只能自己來做了。

「振益，你揮棒的時候力道可以再大一點——」

雖然振益下一場比賽無法出賽，還是跟著隊伍一同練習。看到他有些軟弱的打擊姿勢，讓我忍不住說了幾句。

一旁的俊龍看到以後，大概也發現振益的問題，走向振益開口說道：「癩皮，不要在意陵農國小那個白癡捕手說的話啦！」

雖然俊龍還是用「癩皮」這個有點不好聽的綽號叫著振益，但語氣比以前好了很多，甚至可以說變成一種親暱的語氣。

「我很好啊，才不會去理那個白癡！那件事又不是我願意，只是件意外。」儘管振益嘴上說著不會在意，但眼神間還是透露著一絲疑慮。

或許是我帶隊經驗還不太夠，真的不知道該怎麼處理這種場面。該更正振益的都做了，但他就還是無法恢復以前的表現，讓我感到十分困擾。

「賴振益，過來！」耳邊傳來徐總相當具有威嚴的喊話聲。

「是，徐總。」

不同於那天複賽與徐總爭吵的場面，振益很快就照著吩咐小跑步過去。

「你那天不是很兇悍嗎？還打了別隊的捕手，為什麼現在打球時一點氣勢也沒有？」

面對徐總激烈的言語，振益只是低頭不語。

「你到底還想不想打球！」

「想——」振益終於開口，聲音卻非常微弱。

「想打就不要混！你是要混到什麼時候？為了這種小事就變成這樣，以後還得了！」徐總的口氣隨著字數的增加愈來愈不客氣。

我很難揣測徐總說這句話是懷著什麼樣的心情，畢竟那件意外死掉的人也是他親手教出來的學生，更何況過去在職棒界還曾有引以為傲的優異表現。

「徐總，我覺得你這樣說很過分，有沒有想到振益的心情——」

不知道什麼時候，俊龍已經跑到振益身邊聲援起來。有時候在小學生中，常常會出現這種義氣相挺的場面，這正代表了俊龍與振益的深厚友情。但我知道徐總很不喜歡學生頂嘴，對於俊龍這種舉動一定會非常生氣。

「你說那什麼話！」

果不出所料，徐總勃然大怒，氣得雙手不停顫抖。

「你們兩個人在幹嘛！給我過來！」

為了解救他們兩人，我裝得比徐總還要生氣，怒斥他們兩人。想不到他們根本不把我放在眼裡，還是繼續怒視著徐總。

「你們兩個給我滾出去！這裡不歡迎你們！」徐總極為憤怒，並下達了逐客令。

看到這種場面，我也只能親自出陣把他們兩人拉離現場。

我知道徐總是基於「愛之深、責之切」的求好心態才會如此怒罵，這種作風也許在我那個年代很有效果，但現在的小孩各個都很有自己的主見，可能需要有些改變。

但老人家畢竟就是老人家，一些老舊思維還是無法那麼容易就隨著時代而有所改變。而且就我所知，徐總的個性有些小心眼，很會為了一些小事懷恨在心。我想那麼注重團隊紀律的他，一定對上次複賽的群架事件耿耿於懷，所以才會對振益那麼不客氣。

「你們兩個給我回去好好反省！不管誰對誰錯，這絕對不是對長輩該有的態度！」雖然我也不太認同徐總的一些作法，但我覺得還是要教導這些小選手們一些基本的做人道理。

沒想到在我回頭探望徐總時，卻發現他面目扭曲倒在地上，伸手緊抓胸口。

「徐總，你怎麼了？」我趕緊跑去一探究竟。

「嗚——」徐總表情依舊猙獰，完全說不出任何言語。

振益與俊龍見到這種情形，一改剛才惱怒的神情，兩人一下就跑到徐總身邊關切著：「徐總——」

儘管他們兩人均面帶悔意不斷呼喚，卻也無法減輕徐總的痛苦。

我知道徐總的身體一直不是很好，卻從來沒有見過這種情形。我趕緊撥打急救電話，沒多久救護車的聲響又再次出現在這座寧靜的青苑國小棒球場邊。

我交代隊長進銘好好照著課表進行練習，隨即陪同醫護人員一起前往醫院。

真是個多事之秋，振益還處在低潮，現在又搞出個徐總事件。要是徐總有什麼三長兩短，我真不知道振益他們以後要怎麼繼續打球。

雖然徐總在一些觀念和作為上，我也沒有完全認同，但畢竟他也是奉獻畢生精力培育選手，他也有他高明的球技和教導方法，真的很不願意見到他發生什麼不測。所幸我的想法只是多慮，徐總送醫後情況逐漸好轉，似乎是一時動怒讓他以前的一些舊疾復發。

得知這項好消息後，我趕緊離開醫院，並重回青苑國小棒球場，畢竟總冠軍賽已經迫在眉睫，實在不能任意浪費每一次的練習時間。

回到球場後，發現所有選手並沒有在練習，全都坐在原地祈禱著。

因為隊上有許多原住民選手，我也不清楚他們的宗教儀式，但可以明顯看出他們非常擔心徐總的安危。雖然徐總時常對他們怒目相對，也常常做出一些訓練上的嚴格要求，儘管不時聽到他們抱怨徐總，但現在卻能深深感受小選手們對他的愛戴。

看到振益和俊龍的紅腫雙眼，不難想像在我離開後他們發生了什麼事。

「喂！還不快練習，大家在幹嘛！」我拍著雙手催促他們。

「可是徐總他——」隊長進銘哽咽說著。

「他沒事了，大家放心，趕快練球！」我擠出笑容，希望藉此穩定大家驚慌失措的不安情緒。聽到我宣佈的大好消息，氣氛低迷的青苑少棒隊，總算開始有人露出笑容。

「教練，對不起！都是我不好——」振益哭喪著臉。

「我也是，我不應該那樣對徐總的——」俊龍也向我表達對徐總的深深歉意。

「唉，沒事就好，你們以後要小心自己的言行。還有振益，我和徐總都很希望你能早日恢復以往的水準，畢竟如果真的能去韓國比賽，到時候很需要你的火力支援。至於俊龍，你的個性從以前就很衝動，徐總有交代過要我特別注意你。儘管你現在也許不贊同徐總的一些作法，但長輩還是長輩，該有的尊重還是要有。」

聽到我的這番說教，振益與俊龍沒有反駁，反而低下頭去微微頷首。

這時場外突然出現一輛醒目的黃色計程車，吸引了眾人的目光。而下車的那人，正是剛才還在醫院休養的徐總。

「大家怎麼還不快點練球！」徐總皺著眉頭大聲罵著。

別說是這些小選手們，就連我都感到相當困惑，因為徐總看起來好像什麼事也沒發生一樣，又回到球場指導球員。

「是！」球員們精神抖擻的應答響徹雲霄，沒一會兒就站好位置，準備開始進行打擊練習。

看到徐總安然無恙，小選手們突然士氣大振。看來他們早已習慣有徐總陪伴在身邊的日子，無論是晴天、雨天，徐總雖然已經漸漸無法親自示範一些動作及技巧，但一定還是會到場指導他們的所有練習，更不用說是各種大大小小的比賽。徐總個性雖然嚴肅，但也許真的把這些小選手們當作自己的孩子般看待。

人有時候就是會將周遭的事物視為「理所當然」，然而這卻是一件相當可怕的事。往往到了失去時才知道珍惜，但一切卻為時已晚。一直在徐總的照應下，我才能夠做好助理教練所該扮演的角色。別說是比賽的調度，要是沒有徐總安排，我還真不知道該怎麼製作訓練課表。

儘管我過去在球場上有很好的表現，球技也備受眾人的肯定，但畢竟打球是一回事，教球又是另一回事，我還有很多地方需要向徐總學習。

幸好徐總沒有什麼大礙，不然連我自己都不知道該怎麼一個人獨當一面帶領這群小朋友。儘管在球技上，我有很多東西可以教導他們，但在帶領團隊上，我經驗非常不足，尤其是面對這樣一群天真直率的小朋友們，徐總恩威並重的作風還是比我純扮白臉要高明許多。

看著徐總的駝背身影，和他指導後進的熱情，不覺讓我又是一陣慚愧。本著「失而復得」的喜悅，我也突然充滿幹勁，也非常希望能幫助這群小選手們順利奪得下星期的冠軍。

「大家好好幹啊！下星期的比賽想不想奪冠啊！」我對著大家喊了起來。

「想！」

「想不想幫徐總拿到前往韓國的機票！」我再次放聲大喊。

「想！」

這次小將們的答聲竟然在空曠的球場中產生了回音。

「有沒有信心拿到冠軍！」

「有！」

在一片齊力同心的回答聲中，可以隱約聽見振益與俊龍的賣力吶喊。

我對於精神喊話老實說一直沒什麼信心，甚至更可說相當害怕會沒有人回應，但這次的精神喊話卻讓我喊到自己都起雞皮疙瘩。

平時表情嚴肅的徐總，看到這種場景，竟然露出難得的慈祥笑容。我想，此刻的他應該真的非常高興。

然而這個笑容一下就宣告消失。

朝著徐總目視的地方望去，可以看見一名戴著棒球帽的壯年男子。這名男子面露兇光，狠狠瞪向我們。

我覺得這名男子相當眼熟，一時之間卻又無法想起究竟是誰。

原以為他的目標是我們青苑少棒隊，但繼續觀察下去，卻發現他正和徐總互相怒視。

這時我猛然想起，他就是林泰謙，雖然面貌和以前有些不同，但他左臉頰上那顆明顯的痣，正是他的代表特徵。

等到我想起來的時候，他已經匆匆離去，真不知道他和徐總之間發生了什麼事？而他為什麼又會來到這裡？

◎四局下半　投打對決

滿懷期待進了體育學院，卻又在這個時候接到張教練涉入簽賭的壞消息，讓我和泰謙都錯愕不已。儘管泰謙一直和張教練有著非常不錯的交情，但嘗試各種方式後，卻也聯絡不到張教練，讓我們都非常難過。

但這種負面情緒一下就被掩蓋過，因為體育學院本就以體育為重心，除了一些與運動心理相關課程外，大部分都是體能課程，訓練強度比以往都要強上許多。

而且招生進來的學生中，很多都是在棒球界小有名氣的優秀選手，甚至一些更是在婉拒國外球探簽約下進來就讀，競爭可說是相當激烈。

由於我在高三金龍旗比賽中有著不錯的表現，體院教練決定讓我繼續擔任投手的位置。但從以前就一直堅守本壘大關的泰謙，則遇上前所未有的困境。

來自全國的優秀選手中，當然不缺擔任捕手位置的各方好手。不像內、外野的守備陣容，至少還有三、四個位置可以競爭，在捕手這方面，必需要守、打兼具，才有可能成為主力選手。

經過榮工青棒隊的磨練，泰謙已經成為一名非常優秀的捕手，然而卻在這個時候，他的膝蓋竟然開始出現受傷的跡象。

一開始我們都還不以為意，只是滿心期待在我們成為體院主力選手時，能夠一起搭配出場，畢竟我們已經有多年的良好默契。而我們那時還有更大的野心，就是希望能夠爭取進入中華成棒隊，一起代表台灣出國比賽。

由於投手與捕手的位置競爭都相當激烈，我與泰謙為了在隊上能夠爭取到更好的優先順位，經常在正規練習外，兩人還會私下練習投捕。

但在一次投捕練習結束後，卻發現他無法順利站起，這時我才知道他左膝受傷程度已經到了如此嚴重的地步。

雖然我一直苦勸他，還是好好養傷比較重要，但他卻認為加緊練習比較要緊。看著他堅定的表情，我也不好再說些什麼，不過心中卻還是相當擔憂他的傷勢。後來在一次練習中，突然聽見一聲清脆的聲響，他的韌帶竟然就此斷裂了。

經過醫生的檢查，由於國小、國中和高中的長期蹲捕，讓他膝蓋出現了過度使用的狀況。一開始雖然只有左膝蓋肌腱發炎，但經過日積月累的磨損及傷害，讓小腿韌帶承受不了長期壓力，出現斷裂的結果。

所幸韌帶傷得並不嚴重，還是可以經由手術復原。但這下泰謙在隊上的地位，一下就受到後繼者的無情取代。雖然泰謙嘴上一直說沒有關係，但我多少都能感受到他的落寞。不僅僅是他，一些和我一起競爭投手的選手們，不乏在國中和高中時期早就聲名遠播的強手，卻在大學時期突然實力驟減。

並不是我的球技突然大增，而是他們在青少棒、青棒時期的過度練習與出賽，讓他們手臂開始出現各種狀況。更有甚者，已經到了手臂無法順利投球的嚴重地步，可以說投手生涯已宣告提前結束。

或許我在高中以前的棒球之路，走得比別人都還要坎坷，但現在看來，如果沒有在那些時期受到冷落，現在的手臂還能不能這麼健康，真的也很難說了。看著那些以前在場上叱吒風雲的名選手們，如今有些因為以前的使用不慎，只能轉而主修其他體育項目，讓人看了覺得非常心酸。

不知道是不是這樣的緣故，讓最快球速還能維持在一百四十五公里的我，逐漸受到教練的青睞。以二年級的身分開始隨著隊伍在各地的業餘成棒賽南征北討，也逐漸投出自己的名聲。

然而傷後歸隊的泰謙，卻沒有像我有這麼好的境遇。泰謙的小腿韌帶雖然經過手術復原，但膝蓋的舊傷依舊對他造成不小的困擾，讓他在蹲捕上大受影響，尤其是牽制傳球的動作，變得沒有以前那麼流暢，就連攻擊火力也跟著小幅下降。

我很喜歡在泰謙的引導下投球，長久以來建立的良好默契，讓我們兩人特有的暗號執行下來一直沒有什麼問題。他對各隊打者也下過苦功夫不斷研究，畢竟大家從小就開始打球，很多選手對他來說都可以算是圈內人。就某些程度而言，我認為他的配球技巧比隊上其他一線捕手來得更好，只可惜膝蓋舊傷讓他守備能力有些下滑，也讓他先發機會變得愈來愈少。

就讀體院三年級時，我開始成為隊上主力投手之一，一百四十五公里的速球，搭配變化球和曲球，成為我的主要武器。三年級的大專盃甲組賽，投出了兩勝一敗的成績，總共投了十九局，失了五分，防禦率二點三六。雖然和四年級學長比起來還不算頂尖，但在整個賽制裡面，已經算是相當不錯的成績了。

我很慶幸能夠在體院擔任投手的位置，由於投手需要專注投球，對於打者所擊出的內野滾地球，就比較沒有要求一定得接好，因為後方還有二壘手和游擊手護著，也讓長久以來一直困擾我的滾地球惡夢，能夠得到解脫。投手前軟弱的滾地球對我來說還不算困難，但若是強襲球的話，少數反應快的投手會嘗試去接擋，而絕大部分的投手，為了保護自已則會選擇閃避，而我就是屬於這樣的後者。或許因為這種可以正當閃球的巧妙掩飾，恐怕我的隊友都還不知道滾地球是我的一大罩門。

當然，在那次大賽中，我也嘗到了擔任投手的無奈。

其實對一個投手來說，有時候運氣也很重要，甚至會成為整場比賽的關鍵因素。像我系列賽中唯一吞下的敗投，主投七局，僅失掉一分，但隊友不知道發生什麼事，就是一直打不出連貫安打，頻頻留下殘壘，讓我在休息區中只能靜靜看著一切，也幫不上打擊的忙。最後終場就以一比零輸了那場比賽。反倒是其中一場獲勝，在一局內連失三分，以三比零一路落後，在我六局被換下後，隊友打擊突然甦醒，下半局的反攻一口氣攻下五分，讓我不但擺脫敗投命運，還突然成為勝投候選人。

還有一場比賽，就是在僅失一分苦吞敗投的隔日，身心非常疲備，卻臨危受命上場救援。在對手二、三壘有人，我方只領先兩分下的緊張局面，第一球就被擊出三分全壘打，不但搞掉上一任投手的勝投資格，又瞬間讓自己成為敗投候選人。帳面上雖然只有一分自責分，但在我內心的自責，絕對不只這一分，因為還「幫」學長多丟了兩分，賽後一定會被大大數落一番。但在我被換下後，隊友又是一輪猛攻，讓原本學長的勝投，就這樣硬生生被我撿走，這下還可真讓我更難面對這名倒楣的學長。

球場上的一切就是那麼戲劇性，甚至很多事情永遠都無法事先預料。有人說球場很像人生的寫照，在投手丘上的奮戰，更讓我深深體會這種感受。以往我會時常埋怨，過去遇到教練和學長的不平對待，讓我不能好好擔任一名投手，但看到體院一些因為國、高中時期過度使用手臂而實力大減的案例，才知道或許這是老天爺對我的眷顧，才讓我沒有在更早的時期就順利當上投手。但對我一直照顧有加，又在國中時期不斷鼓勵我的摯友泰謙，卻在我開始嶄露頭角的日子裡，開始陷入低潮。

我不知道該怎麼解釋，隨著我在隊上地位的逐漸攀升，泰謙和我卻變得不像以往那般親密。我不認為他會忌妒我的成績，畢竟從以前他就一直比我優秀，我也從來沒有這種想法，但我們就是有種漸行漸遠的疏離感。我一直都很希望他能恢復以往的水準，再次和我在紅土場上合力對抗站上打擊區的所有打者。

成為隊上主力投手後，因為需要和一線捕手有良好默契，使得我和泰謙搭配練習的次數愈來愈少，甚至到最後，他變得不會主動找我練習投捕。泰謙以往還會一直叫著我的小名「阿山」，但漸漸地，很少再從他嘴裡聽見這兩個字。

雖然我們還是會像以前一樣嘻嘻哈哈，但感覺就像少了什麼重要的東西穿插我倆之中。我知道他一直非常努力想要扮演好自己的角色，從國中認識以後，就對他要專練捕手的抱負感到佩服不已。無奈在機運的安排下，總讓他一再成為隊上的二線捕手。經過榮工青棒隊的洗禮，他真的有了不少的成長，甚至在我們剛進體院時，我一直認為他在三年級前練好守備，絕對可以成為主力捕手。然而卻在剛進體院時，便開始出現受傷的情形。

看著日漸消沉的泰謙，也讓我難過不已。在三、四年級的許多比賽中，如果是無關晉級或是實力有段差距的比賽，我都會請求教練讓泰謙上場與我搭配。我不希望泰謙就此消沉下去，才這麼向教練請求，但後來他發現之所以能上場，是因為我的緣故後，反而非常生氣，認為不需要我這種同情，接著又因為一些摩擦，讓我們兩人鬧得非常不愉快，原本堅定的友情開始產生裂痕，甚至到了冷戰的地步。

在我升上四年級的時候，弟弟也從穀保家商畢業，進入體育學院。不過他和我就讀的學校並不相同，是另一間棒球名校。金龍旗的比賽，在弟弟就讀高中時，已經進入尾聲，但仍舊還有其他高中聯賽持續進行。在高中三年裡，弟弟打出了響亮的成績，甚至還受到國家隊的徵召，代表台灣參加國際青棒賽，並在其中擔任重要的中心打者，最後青棒代表隊也順利拿下冠軍，讓我們全家欣喜若狂。

父親對此更是高興不已，認為當初讓我和弟弟投入棒球是一件很明智的抉擇，弟弟打出的亮眼成績，也算是沒有辜負他們的苦心栽培。當然，父親對於我在業餘成棒賽的優異表現也是讚美有加，希望有朝一日能看到我和弟弟都在職棒場上大放異彩。經營體育用品店的大哥，更誇口以後一定會販賣我和弟弟的專屬球衣，好好做我們的死忠球迷。

由於擁有這種顯赫的國手資歷，弟弟高中畢業後就直接保送進入棒球名校，並以一年級新生身分，開始參加各種比賽。

就這樣，在我四年級那年的大專盃甲組成棒賽，我和弟弟首次相遇，而且還是攸關晉級決賽的重要比賽，我們兄弟倆多年的對決願望，廣義說來也算是提前登場。

由於弟弟的名氣似乎比我還要響亮，在學生報記者得知我們是親兄弟後，還對此大大報導了一番，標題直接以職棒界未來的明星兄弟檔加以宣傳。

在那場比賽和弟弟總共遭遇三次，第一次就被他擊出深遠的二壘安打，那時真讓我顏面掃地，因為從來沒有被他打過那麼強勁的飛球，況且又是這麼深遠的長打。弟弟的實力真的躍進許多，甚至可能已經到了我無法順利解決的堅強程度。在球從外野回傳到二壘時，弟弟早就站在二壘壘包上悠哉等著，臉上還露出壓抑不著的笑容。所幸弟弟上場打擊前，已經兩人出局壘上無人，儘管讓弟弟成功站上二壘，後續還是穩住陣腳，順利解決下一名打者，總算將損害降至最低。

但在第二次遭遇時，卻是兩人出局二、三壘有人的關鍵時刻，雙方的比分僅有一分差距。好在我的快速球適時發揮作用，在兩好兩壞下，投出了削進好球帶，時速一百五十公里的快速球，讓弟弟只能眼睜睜站著被我三振。

其實我很清楚弟弟揮棒速度很快，用快速球與他對決並不是那麼吃香。況且在第一次遭遇時，他就咬中我的快速球擊出深遠的二壘安打。在兩好兩壞的情況下，捕手原本希望我再使用一顆引誘球調調看，但被我不斷搖頭拒絕後，最後決定以快速球再力拼一次。正如最後結果所示，這顆快速球可能完全出乎弟弟的意料之外，讓他站著不動被我三振，也使我們隊伍又成功守住這半局的難關，以三比二暫時領先。當第三個好球進壘，裁判比出打者出局手勢後，我只是低頭拿起手套擺在胸前，默默走回休息區。還好手套還算不小，足以遮住我的大半表情，不然應該會被別人發現我在偷笑，畢竟這種兄弟對殺的感覺實在過於微妙，讓我想要忍住不笑也很困難。

投到第六局再次面對弟弟時，卻是一人出局滿壘的緊張局面。弟弟就讀的那所體院，實力真的非常驚人，每個打者都很難應付，能夠在前五局完成僅失兩分的成績，已經算是很不容易，想不到在第六局又遇到這種困境。這時候如果能出現三振，是最好的結果，但我知道前一次已經被我三振過的弟弟，不可能那麼容易再次上當。由於上一名打者擊出內野滾地球，三壘上的跑者在奔回本壘和捕手發生衝撞，雖然最後順利將跑者觸殺出局，但也讓捕手受了一點傷，所以被教練換了下去。因為之前已經起用過代打，讓一號、二號捕手相繼上場，這時也只能換上三號捕手泰謙上場接替。也許教練團會覺得情況有些不妙，但對我而言這可是最好的搭配組合。

雖然之前泰謙和我發生衝突，已經很久沒有好好一起練球，但畢竟我們還是有多年的合作經驗，一下就能進入狀況。即使之前因為我跟教練請求的事情，讓我們鬧得不大愉快，但身在球場上，就會有我們極度認真的一面，並不會因為這些事情而影響我們該有的搭檔關係。

在他剛接到指示需要上場時，我還特意跑到本壘板附近，搭著他的肩膀說著：「泰謙，我以前就說過，我相信你的配球實力絕對超過其他捕手，等會兒就像以前一樣一起好好表現吧！」

不知道泰謙是不是還在生氣，對於我的這段話，他並沒有做出任何回應，只是稍微整理自己的護具，便蹲在本壘板後方。

對於這種腹背受敵的僵局，另一個更好的選擇就是出現雙殺。泰謙的配球和我所想的非常一致，開始想盡辦法佈下陷阱。不過第一球卻投出暴投，所幸泰謙即時跳起來將球擋了下來，否則後果真的不堪設想。

見到我失控球的出現，泰謙馬上從本壘後方跑到投手丘來安撫我。他反覆戳揉那顆棒球，並對我說著：「阿山，也許下面幾球就會決定我們這支隊伍是否能晉級的重要關鍵，我知道你控球一向不錯，我也知道你弟弟的打擊習性，即使這些日子我一直都是候補選手，但我還是對所有打者都很有研究。你只要盡力投到我要的位置，剩下的事就交給我來負責。」

泰謙說完，輕輕將球塞到我的手裡。他說得不錯，接下來幾球會是重要的關鍵，而我必須相信他的配球。看著他離去的背影，讓我想起以往那些一同奮戰的日子，真讓我有些動容。已經很久沒有聽到他這麼叫我了，原本逐漸疏遠的距離感，現在一下就變得只剩下投手丘到本壘板這麼短的距離。

比賽重新開始，看著弟弟臉上的堅毅神情，我當然也不能就此認輸。照著泰謙的配球，很快就搶下兩個好球數，形成兩好一壞的局面。然而第三球的配球，卻讓我大吃一驚。泰謙希望我投出內角近身快速球，在這種滿壘的局面，真的是一個很冒險的舉動。若是一個不小心可能變成觸身球，等於是白白奉送對手一分。我個人比較傾向再投一顆引誘球拚拚看三振。但我也很明白泰謙這麼配球，一定是抓住弟弟在兩好球後，對於邊邊角角球不得不揮棒的心態。

泰謙的配球一直很能抓住打者的心態，對此我也只能遵照他的指示放手一搏。如果老友都那麼相信我的控球，我又有什麼理由不相信他的配球！

就在第四球投出的那一瞬間，我知道我們獲勝的機率非常大了。看到弟弟受到引誘做出揮棒動作，我知道這個進壘點很容易打成內野滾地。果不其然，這一個強勁的滾地球直奔游擊方向，游擊手接到後小拋球傳向二壘，中繼的二壘手毫不拖泥帶水，將球穩穩送向一壘，完成了這個漂亮的雙殺。

看到雙殺守備完成後，我心中的那塊大石頭總算放了下來。掩飾不住勝利的喜悅，我高興地跑向泰謙擊掌道賀。並不是沒有看到弟弟因為這顆陷阱球懊惱不已，也不是故意對他做出挑釁舉動，而是真的太過興奮，好久沒有和泰謙這樣完美搭配了。

回到休息區後，我和泰謙有說有笑，之前的所有不快，就在弟弟擊出雙殺打的那一瞬間完全冰釋。雖然有些對不起弟弟，但守下這半局的難關後，讓我方士氣大振，更重要的是，讓我和泰謙重新找回那份冰凍已久的友情。

接下來的兩個半局，在我和泰謙的合作無間下，讓對手六上六下無功而返。到了九局下半，我方還是以三比二領先對手僅僅一分。教練可能考慮到我已經非常疲憊，或是為求安全起見，換上隊上正宗守護神，希望能守住這場得來不易的勝利成果。

對方第一名上場打擊的選手就遭到後援投手的三球三振，讓我對這場比賽的勝利更有信心。面對第二名打者在搶到兩好球的優勢後，沒想到第三球竟然失控投出觸身球，讓打者站上一壘。緊接著下一棒打者，又輪到備受矚目的強棒，也就是弟弟。

我這時的心情真的相當複雜，一方面希望弟弟擊出雙殺打，另一方面卻又希望他能有好的成果，畢竟也有一些球探在場觀察，期盼他能有傑出表現。

前兩次在我的封鎖下，弟弟並沒有發揮該有的實力，這次一上場卻也連揮了兩個空棒，形成兩好球沒有壞球的局面。眼看弟弟可能會在泰謙靈活的配球下吞下三振，萬萬沒想到他卻在第三球，硬生生將一顆偏低的變化球撈出全壘打牆外。這支再見全壘打一下子就讓整場比賽出現逆轉的結局，不僅是我，在場所有的隊友，全都看得相當傻眼。

看到弟弟的隊友全都衝上球場迎接他凱旋而歸，我真不知道該高興還是該難過。弟弟的實力又再次在世人面前嶄露無遺，然而我體院生涯的最後一次大專盃，也被他這支驚人的再見全壘打提前結束。

我永遠都記得泰謙那時後的落寞神情，甚至在弟弟把球擊出的那一瞬間，遠在休息區的我，都很清楚聽到他大罵了一聲「靠北」，不難想像他是多麼懊惱。

棒球場上就是這樣變化無窮，我做夢也沒想到在這場比賽與弟弟的三次對決中，我以兩勝一敗的結果收場。表面上我好像贏了弟弟，但在我下場以後，他卻在九局下半擊出逆轉的再見全壘打。雖然事後弟弟一直說這次兄弟對決，他算是輸得很慘，以後一定要在職棒場上征討回來。但某種程度來說，真的被他大大擺了一道。

四年級下學期，我入選了中華成棒代表隊，參與了一次小型的國際賽。雖然那次的系列賽中，我始終沒有上場機會，但總算是一圓了我多年來加入中華隊的夢想，也期許往後在職棒場上能有更好的表現，好爭取國際賽的上場機會。

畢業後隨即投入軍旅，那時已經有許多職棒球團與我接觸，希望在我退伍後，能夠直接加入他們。努力了這麼多年，這一天終於來臨了。對於這種結果，雖然感到十分欣慰，但我更期盼這些球團能容許我一項小小的請求，那就是讓我和泰謙加入同一支隊伍，也就是要簽下我就必須同時簽下泰謙。

我很感念泰謙從國中以來的一路扶持，儘管我那時的名聲遠比泰謙高上許多，但如果沒有球團願意簽下泰謙，他恐怕只能朝業餘發展，我想這都是我們所不樂見的結果。

抱著這樣天真的想法，退伍以後終於展開從小夢寐以求的職棒之路。

◎五局上半　中繼

歡愉也好，悲傷也好，都已經過了那麼多年，但這一切真的這麼容易就能放開嗎？

我很清楚過去林泰謙和徐總交情還算不錯，即使後來發生了那件事，他們的關係並不像我與林泰謙那樣因此決裂。回想起那天他們兩人怒目而視的眼神，真不知道發生了什麼事情。

那天練習結束以後，徐總雖然一再強調他身體沒有什麼大礙，但還是讓我擔心不已。一個人好端端怎麼會突然倒地不起，雖然徐總只有進醫院休養一下就又回到場上，但他愈是說沒有發生什麼事，愈讓我覺得是在隱瞞病情。這一年長期相處下來，我很清楚徐總身體一天比一天虛弱，但從來沒有見過他那天的危急病況。總覺得他是為了不讓振益和俊龍心生愧疚，才在醫院檢查後匆匆趕回球場。

徐總對於棒球的這份執著，我深深感動，但真的不希望他如此勉強自己。這樣對棒球無悔付出真的值得嗎？有時候我都非常懷疑自己是否那麼熱愛棒球，但每當看到小選手們場上奮戰的認真神情，卻又大大激起我那份熱情。或許那些天真純樸的小選手們，就是支拄徐總一路堅持下去的最大動力。

和徐總只有在國中有過短短三年的接觸，高中和體院時期，幾乎沒有繼續聯絡。或許是個性

使然，讓我對於一些已經過去的事都比較不願延續下去，說明白一點，應該是我不願去面對這些事實。

國中時期雖和徐總沒有很深入的接觸，想不到在那天青苑棒球隊練習結束後，徐總竟然主動邀請我去他家作客。不知道為什麼，自從張傳隆意外身亡後，總覺得徐總變得有些心神不寧，或許他這名愛徒後來雖然誤入歧途，但他的死還是讓徐總惋惜不已，因而心情大受影響。

徐總的住所位於學校附近，終身未婚的他總是一個人默默為基層棒球付出心力。也許因為沒有自己的孩子，雖然對於那些小選手們非常嚴苛，有時候也會有一些比較具有爭議的舉動，但我想他的出發點絕大部分都是出於善意。

也由於單身一人，徐總並沒有固定的住所，從以前就一直隨著不同的基層球隊奔走，現在的住所其實就是青苑國小空出來的舊校舍，雖然有些簡陋，但徐總還是住在裡面，過著簡居的生活。

想想自己過去也曾和徐總發生過一些衝突，現在看來真的已經不算什麼。隨著年紀的增長，面對很多事情的態度已經不會像以前那樣衝動，但心境是否真的會隨著年齡一同成長，倒還是讓我非常懷疑。我想有些事不管過了多久，都還是遲遲無法跨出第一步。

徐總的校舍外停放著那輛老舊廂型車，上面有著簡易的噴漆寫著「青苑少棒隊」，其實這些字底下原本還有其他痕跡，只是後來被這五個字覆蓋過去。那些被蓋過的文字正是徐總以往帶過的其他基層球隊，這輛老舊廂型車也伴隨著徐總南征北討，對他來說應該相當具有歷史意義。

舊校舍只是一層樓的矮平房，緊鄰的幾間屋子已經沒有住人，現在只有徐總一人獨居在此。一進門便能聞到一股惡臭，我想並非徐總不愛乾淨，而是周圍的環境條件本來就不是很好。

室內的擺設相當簡陋，但雜物四處可見。牆壁上貼著一張張海報，很多人都是過去紅極一時的棒球選手。四周的照明相當昏暗，許多廢棄的棒球用具散置一地，各種機械也隨處可見，其中還有一台小型發電機，記得之前都是擺在那輛廂型車內。書櫃上擺著各式各樣的獎盃與獎狀，許多獎盃都已經生鏽到辨識不出上頭的文字。一件件分屬不同隊伍的棒球球衣也依序掛在牆上，形成一種相當凌亂的奇特場景。

可以想見徐總是一個很節儉的人，甚至可以說是相當念舊，許多過去的老舊物品都捨不得丟棄。以一個過去在場上叱吒風雲的國手來說，這樣的晚年，真讓人看了有些心酸。不僅僅是徐總，許多棒球明星的晚年，也都不是非常光采。不少正值壯年的選手，因為各種原因，無論是簽賭、球團解散或是與球團不和等理由，被迫離開職棒球場，也只能選擇比較不需要專業知識技能的養工處或是賣起小吃。從來沒有參與簽賭的我，最後竟然也落到這樣的下場，讓我真是除了百般無奈，也想不到其他更適當的形容詞來描述這種不平的待遇。

「啊，你來了啊——」徐總見到我進門後，露出了在球場上少有的笑容，不過臉色十分蒼白，給人一種強顏歡笑的感覺。

我向徐總作了一個禮貌性點頭，便依照他的指示坐在頻頻發出聲響的老舊椅凳上。隨意瀏覽牆上海報，發現其中一張標題寫著「張帥」的大型海報，照片上張傳隆的打擊姿勢相當帥氣，不過這些景象都已成為過往雲煙。

他曾經也是我相當崇拜的偶像，但後來卻發生令我最不齒的簽賭假球事件，那件事對當時職棒界造成相當大的衝擊，許多球迷都在傷心與失望之下離開過去所熱愛的球場。

看到我目光緊盯著張傳隆的海報，徐總開口說著：「唉，你真的喜歡棒球嗎？棒球對你而言又是什麼？」

面對這突如其來的問題，讓我真有些不知所措。從小就開始接觸棒球，我一直認為我很喜歡棒球，但卻從來沒有認真思考過棒球對我的意義。

我很想回答原本是打算作為謀生的工具，雖然這樣的想法或許過於膚淺，卻也是最真實的寫照。任何東西都是這樣，即便一開始對某項事物極具興趣，一旦成為職業目的後，原本的熱情經由時間消磨，都很容易變得索然無味。雖然我還沒有到那麼誇張的地步，但一時之間也想不到其他東西，腦海中自然而然就跑出這種答案。

遲遲無法開口說明，我直接轉移話題：「徐總，你的身體還好吧？」

「我沒有大礙，身體好得很，快回答我的問題——」徐總神情相當凝重。

「我以前一直很熱愛棒球，甚至一直以為職棒會是我的棲息地，只是後來竟然發生那種事，讓我熱情頓時消失，甚至帶著恨意，直到後來才又在小選手身上找回熱忱。」

拗不過徐總嚴厲的眼神，幾經思考後，我也只能從實招來。

「唉——」徐總又嘆了一口氣。「那件事真的把你們兄弟害慘，甚至波及到周圍更多人——」

徐總也很明白那段往事，只是我們之間始終保持對此事心照不宣的默契，這倒是第一次從徐總口中所說出的感想。我當然不可能忘記那件事，甚至讓我家破人亡，間接讓一個親人這樣白白斷送了自己的生命。

「徐總──」我決定鼓起勇氣把多年來的疑惑一次提了出來。「我知道你對棒球一直保持著非常高度的熱忱，即使已經不能再成為場上選手，還是為基層棒球付出了幾十年的光陰。過去擁有那麼多光榮戰績，現在卻是在這樣的困境中力求改革，難道都不會有倦怠感嗎？」

「這就是我為什麼希望你能過來帶領基層棒球！你知道，我老了。我不知道我還能再帶幾年的基層棒球了，我需要有人接替我的願望。我知道你屬於那種天才型的選手，要不是發生那件事，成為國家隊選手一定沒有問題。我希望你以後還是能將你過去所學，繼續貢獻給未來的基層棒球。」

徐總語帶激動說出這段話語，我非常能理解他的憤慨心情。在徐總那個時代，三級棒球甚至是到了成棒，在一些國際賽上表現真的是技驚四方、國際聞名，無奈近年的成棒比賽中，頻頻看到中華隊的多項困境，大殺韓、日已經可以說是過去的神話。

這之間的轉變並不是鋁棒到木棒的差別，讓我們在國際賽上表現大不如前，是職棒的整體環境變得太過惡劣。各種光怪陸離的現象不斷出現，讓球迷頻頻流失，而身懷絕技的優秀選手，看到這種高風險的職業環境後，變得只想待在安穩的業餘棒球隊，而不願投入未來可能會大起大落的職業棒球，也使得可看度多少受到影響，這種精彩度也間接影響到對球迷的吸引力。這是一種嚴重的惡性循環，甚至讓職棒可能產生倒退發展的威脅，也讓日、韓實力不斷超越我國，使我們為了爭取每一場得來不易的勝利，都需要絞盡腦汁、精銳盡出。

看到這種情形，更讓徐總認知到自己帶好基層棒球的使命，才讓他如此努力不懈。我知道台灣的職棒環境想要更好，還有許多要走的路，更有一堆阻擋在前的障礙需要突破。不僅僅是職棒，許多社會亂象讓台灣的經濟、政治都呈現非常弔詭的局面，甚至可以說因為在兩岸特殊的歷史淵源，讓台灣在國際地位飽受打壓，很多事物原本可以發展得更好，卻因為一些因素，變得無法充分發揮，實在令人非常惋惜。

「徐總，這我知道。我以後會努力培養更多小選手們，以彌補我在職棒的缺憾，但是我還有很多帶隊技巧需要和徐總學習。」

「我知道時代變了，很多像你們這種新一代的教練，對於我一些舊式作風應該不是非常苟同，不過至少我們最終目標一致就好了，我也不會再去多說什麼。我年紀真的大了，以後就是你們的時代。」

徐總平日總是不常表露內心想法，今天竟然破例說了這麼多話，讓我覺得有些不對勁。停頓了好一會兒，徐總繼續說著：「以後一定要著重小選手們的品德教育，我想你應該很痛恨球員參與簽賭這種事情，所以將來一定要好好防範。」

「徐總，你的意思是？」徐總的話聽起來帶著弦外之音，不禁讓我有些疑惑。

「我是想說，至少在基層棒球這關，我們一定要能堅守下去——」徐總以沉重的語氣說著，不過我還是無法明白這句話的涵義。「今天會找你過來，其實是想告知你，以後要獨當一面帶領青苑少棒隊了——」

「什麼意思？」這句話讓我驚訝不已。

「我決定帶完這次比賽就要退休了，所以無論如何都希望能讓青苑少棒隊劃下美好的句點。」

徐總雖以平淡的口吻說著，但卻讓我感到相當錯愕。我不知道徐總為什麼突然做出這樣的決定，是因為張傳隆的關係，還是林泰謙後來和徐總說了什麼，或是徐總心裡早就這麼打算，只是這一天終於來臨而已。

「怎麼這麼突然——」我語帶難過地說著。

「本來你們年輕人就有自己的想法，我覺得我已經不太適合再帶球隊了，不過至少這次我會讓青苑少棒隊拿下冠軍出國比賽，為國爭光。」

「徐總，真的不再考慮一下嗎？」

我實在很難想像徐總這種「棒球人」脫離棒球以後會是什麼樣子，甚至說明白一點，是我很難想像自己脫離徐總後的帶隊會是什麼樣子。

「這你不用顧慮，我會向學校強力推薦，讓你成為正職教練，不用像現在只是個助理教練。」徐總雖然這樣說著，但眼神間卻帶有一股哀傷。

能夠成為正職教練固然會很高興，但我不希望徐總就這樣離開球場。只是不管我怎麼勸說，徐總心意還是非常堅定，讓我多少有些難以接受。

「是不是因為林泰謙的關係——」沒有多加思索，我直覺將疑問脫口而出。

聽到這句話，徐總眼中突然閃過一絲怒意，卻又強壓下去，隨後以略微生氣的口吻說著：「和任何人都無關，這是我自己的決定，也希望你好好接續我的願望。」

徐總說完後突然起身，先是看看窗外，而後繼續說著：「時候不早，我也想休息了，你請回吧！」

面對如此驟轉的態度，讓我相當困惑，非常懷疑是徐總和林泰謙之間到底發生了什麼事情，也許這一切和張傳隆的意外事件也脫不了關係。

◎五局下半　致命失誤

任何事攤在陽光下，就要有接受批評的勇氣；任何光鮮亮麗的外表下，背後一定有著不為人知的辛酸血淚。

——這便是我加入職棒後的深刻體會。

退伍前夕，終於接到來自球團的消息，有球隊願意同時簽下我與泰謙。雖然這支球隊並不是開出最高簽約金的那支隊伍，但是自己放出簽約條件在先，還是非常欣然接受這份合約。因為我在體院時期已經打出一些名聲，球團非常期待我能有很好的表現，因此給了我也不算低的簽約金。相對而言，在業餘成棒比較默默無聞的泰謙，就確實是以較低的簽約金加盟。

不管如何，我們兩人多年來的願望總算實現，回首這段棒球之路，真是充滿曲折變化。然而泰謙與我，卻在進入職棒後，與我走上更為分歧的道路。

退伍以後隨即加入職棒，由於已經接近球季中、後段，出賽機會大為減少，更何況我和泰謙都還是新人，只能一直隨隊練習，並沒有什麼上場機會。然而球隊卻在球季尾聲出現連勝佳績，一口氣從排名第五的後段隊伍，衝入季後賽晉級資格。

季後賽前幾場比賽更延續季末火力，擊敗另一支晉級隊伍，順利進入總冠軍賽。然而這幾場激烈的比賽中，卻讓原本球隊仰賴的救援投手遭到球吻因而負傷，讓球隊陷入相當不利的局面。

在季後賽所登錄的選手名單中，雖然一直都有我的存在，卻也很清楚這不過是形式上的登錄，並不太可能有什麼出賽機會。然而救援投手的受傷，卻讓我突然收到總教練指示，需要我這種「祕密武器」上場頂替。

老實說我才剛加入職棒，卻要突然上場，尤其又是這種張力性十足的總冠軍賽，真讓我好幾天無法安眠。

這種七戰四勝的總決賽，場場都是關鍵，那種壓力真的不是用言語所能形容，更何況對我這種新人來說，更是無比沉重。不同以往的業餘賽況，這種職棒賽事，場邊球迷無論是敵我雙方都很熱情，那種響徹雲霄的加油鼓噪，不是以往參加過的比賽所能比擬。

在巨型遠光燈的照耀下，即使在漆黑的夜晚，球場內還是宛如白晝，在眾目睽睽下的每一個舉動，都讓人緊張不已。尤其被教練告知要上場以後，即使只是在場邊熱身練投，都會覺得背後有無數對眼睛盯著我的一舉一動。但這種緊張感覺一下就被場上氣氛遮蓋過去，一旦正式上了投手丘以後，實在沒有什麼多餘空間可以思考，腦袋只是一片空白。唯一能想的，只有如何將球投進捕手所要的位置。

總冠軍系列賽第一戰，雙方形成拉鋸戰，最後我方以一分飲恨落敗，而第二場比賽我方押出王牌投手完投九局，總算扳回一城。但第三場比賽一開始，我方的先發投手就出現不穩局面，第一局就大量失了四分，第二局又再失了兩分，一下就被教練團換了下去。為了不讓往後投手調度受到影響，教練團決定讓我上場處理，能擋下幾局就是幾局。

前幾場比賽，我不過是在場邊熱身，和我搭配的捕手都是我所熟悉的泰謙，但每次上場時反而都是較不熟悉的前輩。不過以比賽經驗來說，這些一線捕手確實是比泰謙老道許多，但就默契而言，還是沒有和泰謙配合得那麼完美。

一上場就面臨一人出局一、三壘有人的失分危機，由於當時已經落後六分，讓我這種新人上場接替，多少有些敗戰處理的意味，反而讓我壓力沒有想像中的大。但第一球剛投出，就是一個大暴投，捕手即使賣力跳起來，也沒能將球攔下，一下就免費奉送了對手一分，也讓一壘上的跑者上了二壘。緊接著面對下一名打者第一球雖然投出了一百四十七公里的速球，卻是個相當偏高的壞球。面臨這種困境，真讓我開始緊張起來，覺得自己實力是不是和這些前輩們差距太遠。下一球還是依照捕手指示投了快速球，但這球位置卻有些紅中，讓打者將球打得非常深遠，眼看球勢如此強勁，內心大喊「不妙」，第一直覺就認定會是一支全壘打。想不到右外野手拚命退到全壘打牆前，最後還是將球接殺出局，不過二壘上的跑者已經藉著這個機會上到三壘。

捕手見到這種情況，趕緊在下一名打者上場前，先跑向投手丘前安撫我凌亂的情緒。我無法理解這名捕手前輩的配球，為何要我頻頻投出速球，但畢竟他也是沙場老將，會這麼配球一定都有他的想法，我也只能相信了。更何況投捕間必需要有很好的互信，才能發揮最大的效果。

經過安撫後，我的情緒總算比較穩定，和前輩的暗號溝通也變得比較順利。下一名打者，雖然是對方的強棒，卻在我與前輩的合作下，讓他吃了個老K下場。雖然我方已經落後對手七分，但這球三振，還是讓我奪得了場邊球迷的熱情喝采，也讓我感到相當振奮。

後面幾局表現總算回穩，沒有什麼特別大的狀況，僅被擊出幾支零星安打，整場投完三又三分之二局，沒有再失掉任何分數。雖然最後以七比三的比數輸掉比賽，但我後來的穩定表現，也讓我得到教練團的信任。接下來的一場比賽又以兩分之差敗給了對手，也讓對方取得了三勝一敗的聽牌優勢。面對這種情況，教練團為了不讓比賽就此結束，變更原先安排，將下一場比賽的王牌投手先押到這場比賽，因為已經沒有再輸下去的本錢了。而這張王牌也相當具有水準，又帶領我們以二比一險勝對手，使得我方局勢形成二勝三敗的緊張局面。

考量到如果還有第七場比賽，必需要用更強力的投手壓陣，因此決定在關鍵的第六場比賽派我先發作為賭注。原以為自己會對此感到無比恐懼，但這一系列比賽下來，整個緊湊的氣氛，已讓我沒有多餘精力耗在緊張情緒，或許也能說我在抗壓性上已有所成長。

關鍵的第六場比賽，不知道為什麼，反而沒有特別不適的感覺，或許已經習慣球迷那種鑼鼓喧天的加油方式，整場比賽表現非常優異。投了六又三分之一局，僅僅失掉一分，還投出十次三振，讓對手最後以一比三輸掉這場比賽，只能回去好好準備第七場的最後硬戰。

也因為這場比賽，讓我一戰成名，頻頻投出超過一百四十五公里的快速球，對左打者特別具有壓制性，也讓我獲得教練團的深厚信任。賽後還告訴我，如果隔天最後一場決賽有狀況的話，可能還會需要我上場對付左打者。

第七場比賽，誰拿到勝利就是最後的贏家，因此雙方無不卯足全力拼到最後。一路上也許是雙方投手都累了，竟然演變成戰況激烈的打擊戰。一直到了前七局結束，雙方都還是只有一分差距。就在七局結束的時候，投手教練要我趕快先去熱身，因為對方這場比賽以左打者居多，也許會需要我的支援。第八局結束以後，雖然我方仍然以七比六，一分領先，但在這個半局裡，中繼投手已經出現比較不穩的狀況，所以在九局下半很可能需要我的登板救援。九局上半隊友的火力遭到封鎖，還是以七比六，一分領先。這時隊上換上這系列總冠軍賽，接替原先受傷的王牌救援投手，而臨時轉換為後援的先發投手。雖然前幾場比賽後援表現還算不錯，但卻在關鍵的第七場出現狀況。

原本第一名打者就遭到三振，讓我們都以為比賽可以就此順利結束，卻在面對下一名打者時投出觸身球，緊接著又被後面打者擊出一、二壘間的滾地安打。由於對方冒險下達打帶跑戰術，也讓原本在一壘的打者上到三壘。

教練喊出暫停，對方加油區聲勢浩大跳起波浪舞，整個士氣完全轉移到對手那裡；反觀自己這邊的球迷，則呈現一片鴉雀無聲的緊張氣氛。一直都還在場邊熱身的我，心裡大概也有譜，可能要臨危受命上場救援，因為接下來兩名打者都是左打。

果然不出所料，投手教練的一個手勢，便將我叫上投手丘，準備面對接下來的兩名左打者。臨行前，泰謙還特別跟我交代一些小細節，要用什麼樣的球路和進壘位置，才能誘使打者擊出內野滾地，好能形成雙殺。

登上投手丘的那一刻，我的雙腳還有些顫抖，不同於上一場的先發局面，即使還有一分領先，但以現在的狀況來說，可能一不小心都會造成大量失分，甚至是比賽結束的局面，讓我心跳不自覺持續加快。

短暫練投幾球後，老捕手跑向前來和我叮嚀幾句，便重回本壘板後方。對方也在這時將一壘上的跑者換上了快腿代跑，讓我感受到更大的壓力。所幸我是一名左投手，以投球準備動作來說，可以牽制住一壘上的跑者，但我還是很擔心一旦有長打的出現，很可能會讓比賽就此結束。

面對打者第一球就投出了一百四十公里的快速直球，削進了好球帶邊緣，也讓我信心大增，覺得控球和球速的狀況其實還算不錯。緊接著第二球，又是同樣位置的快速球，一下就搶到了兩個好球數。

這時我看到捕手的暗號希望我投引誘球來誘使打者揮空，但我卻感到十分猶豫。我希望能趕快以雙殺化解這惱人的危機，尤其是下一棒打者又是今天擊出兩支全壘打，狀況十分火熱的中心打者。

我不知道那時在想些什麼，竟然敢不聽捕手前輩的指示，決定要投近身內角球。也許因為過去在體院時期最後一次的大專盃，面對到類似情境，我也是以這種方式誘使弟弟擊出雙殺打，才讓我擅自下了這種決定。

球一投出，彷彿時光倒流，絕佳的進壘點，讓我又看到打者被迫出棒，當年弟弟擊出雙殺打的場景，又在面前再次出現。

但不同的是，這次球是擊向投手前方，也就是我的面前。如果這球穩穩接到，比賽應該就會以「再見雙殺」的方式劃下完美句點，也可以讓苦戰七場的我們，拿下最後充滿血淚的總冠軍錦標。

這一球雖然不算強勁，卻還是有一定的力道，但我原本就對滾地球相當不擅長，確實還是一大挑戰。我下意識將球攔下，原本就接得很勉強，讓球抓得不是很穩，想不到就在我將球從手套拿起來的那一瞬間，球竟然從手套裡滾了出來，滾向投手丘與三壘方向的尷尬位置。

那一刻，我很清楚比賽一定會被迫進入延長，因為三壘上的跑者已經回到本壘，而策動雙殺的大好機會，卻在我的漏接下，也已經宣告破滅。

那時候眼見已經殺不到奔向二壘的跑者，也只能好好抓住跑往一壘的打者。想不到球一傳出，卻讓我整個人癱軟無力跪在投手丘旁。那一球傳得很快，卻在情急之下將球整個傳偏，這下不僅僅是三壘上的跑者回來得分，連原本上到二壘的跑者也順勢繞過三壘回來得分，對方的球員全都從休息區內衝了出來，團團圍在一起慶賀我的這個再見失誤。

場邊的球迷在確定超前分安全回到本壘的那一刻，也非常一致將彩帶拋向場內，出現一幅非常壯觀的場景，和我方不斷怒罵與丟下垃圾的球迷們形成強烈對比。見到這種情形，我完全無法思考，後來是在隊友的攙扶下才慢慢離開球場。走到休息區時，還聽到激情的球迷不斷咆哮，對著我狂罵三字經，讓我非常難堪，更還有一些球迷紅著眼眶，無法接受這種離譜的結果。

進入休息區後，這緊繃的情緒讓我再也無法忍受，眼淚竟不由自主流了下來，而且愈哭愈傷心。臉上滿是汗水與淚水，拎著毛巾就往廁所跑去。在第六場比賽還被大家視為英雄的我，在第七場比賽拖著疲憊的身心臨危受命，只想為球隊力拼勝利。但現在卻因為這個再見失誤，讓隊上的總冠軍就這麼飛了，一夕之間成為所有球迷撻伐的萬惡罪人。

泰謙跑來安慰我：「你已經投得很好了！我知道你不是故意漏掉那球的。每個人本來就有自己不擅長的地方，那種球本來就是你的罩門。未來的路還很長，以後一起好好加油吧！今天只是讓隊上丟掉總冠軍，你應該知道我們的目標是中華成棒代表隊，以後一定要更謹慎才行。」

也許哭過以後，真讓我情緒較為穩定，總算能以稍微平靜的心情面對球迷。最後在離場前與球迷的深深鞠躬中，看到球迷們滿是失望與責怪的眼神，我竟又默默流出悔恨不甘的淚水。想到這麼多球迷殷切期盼能夠獲得睽違多年的總冠軍，整個系列賽不懼風吹日曬，隨著球團一同南北奔波，沒有怨言、沒有懷疑，只有無悔的付出，那種熱情和我所給予的結局，真讓我內疚到無法自己。

也許很多球迷到現在都還不能諒解我那個關鍵失誤，但心理上的自我苛責，並沒有隨著時間而淡化。即使到了現在，偶爾在夢中都還會重演這段難以抹滅的惡夢，不管怎麼努力，或是非常清楚球擊出的落點位置，球還是會在拿起來的那一刻滾出手套，讓我每次都在懊惱悔恨中驚醒。

針對這項缺失，我也很努力想要彌補，雖然我在第七場比賽，讓隊伍丟了冠軍寶座，但在第六場比賽，還是投出了令人刮目相看的精彩表現，讓媒體開始對我這名新人充滿好奇，爭相前來採訪報導。

然而在這段時間，我卻做出另一個令我後悔莫及的錯誤舉動。

在接受採訪時，由於感覺相當新鮮，不同於以往的學生記者，現在前來採訪的都以各大報體育記者為主，當然對於我以往的棒球成長之路大感興趣，因此紛紛詢問我過去的奮鬥史。

也許因為從小的棒球之路都不曾被重視過，讓我得意過頭。其實那時對國中時期徐總的不平對待早已沒有那麼憤恨，但在媒體記者的牽引之下，我竟然將這段慘澹的青少棒史一字不漏說了出來。可能因為述說這段過去時，口氣比較激昂，讓媒體誤以為我對徐總非常不滿，最後許多報章雜誌更以「復仇」為標題，報導了我與徐總的那段陳年往事。

由於媒體用字相當激烈，認為我歷經種種難關，現在總算闖進職棒，雖然在總冠軍賽的最終戰，我出現了致命的「再見失誤」，但還是在第六場比賽投出了優異成績，也讓我一戰成名，算是對徐總最好的報復。

我記得在接受訪問時，並沒有說出「要徐總現在好好記住我的名字，我這個他不曾教過任何球技的學生！」，但許多報導卻在最後出現這樣的結語，真讓我感到莫名其妙。

要說對徐總當初在南茗國中對待我的方式沒有恨意，當然是不可能的。他那種極不公平的招生方式，還有對我的漠視，以及最後把我直接從校隊除名的惡行，可以說都是讓我決定繼續升上高中打青棒的主要動力。但隨著時光流逝，都已經完成進入職棒的夢想，說實在也沒什麼好計較，甚至換個角度來說，都該好好感謝他的這些行為，間接保護了我的手臂，也就是投手的第二生命，讓我到現在都還能維持一定的速球水準。

然而經由媒體的大肆報導，開始有人前往南茗國中訪問，而徐總只是憤怒回應：「胡說八道！我這十幾年來來往往教過那麼多學生，怎麼可能每個人都記得！」

徐總還是不改硬脾氣本色，直接和媒體記者槓上。不知道他和媒體發生了什麼衝突，開始不斷出現他的負面新聞，像是對於球隊的招生、訓練管教方式和一些家長的不滿，全都被報了出來。有著先前的受訪經驗，我相信那些報導多少都被媒體加油添醋，讓我對內文的真實性有些質疑，不過這一連串的報導，似乎讓徐總和他們關係更為惡劣。

徐總在南茗國中擔任青少棒的指導教練已經超過十年，這十多年來也帶領南茗青少棒隊拿過數次全國冠軍。沒想到我只是在受訪中無意間透露了國中的一些軼事，卻造成了後續的一連串風波，甚至到最後徐總竟然無故遭到南茗國中解約，突然失去指導教練的職務。

雖然媒體並未詳細報導徐總為何遭到解職，但我想和我那大意的舉動脫不了關係。有些媒體雖然以「甜蜜的復仇」做為這一系列報導的最終標題，但對此我卻感受不到任何快意。如果這種事情發生在我國中時期，我一定會對此拍手叫好，問題是現在已經沒有當初的那股憤恨，看到徐總這種淒慘的下場，反倒是無比同情，甚至應該說是種害人丟了飯碗的罪惡感。

這陣師生間的復仇風波，隨著媒體的失焦，一下就被群眾淡忘，而我原本希望能找機會親自登門道歉與釐清誤會，卻也不知道徐總離職後去了哪裡。

休息一段時間後，球隊的春訓很快就要展開，新的一年確實讓人有比較踏實的感覺。經過總冠軍數場大賽洗禮，真的讓我心理素質提升不少。

在此之前，卻悄悄接到了泰謙的喜訊。和個性內向的我形成強烈對比，泰謙雖然在其他人眼中，個性有些古怪，但他從以前面對異性時便顯得比較活潑，也因此讓他一直不乏異性緣。從高中開始就有女朋友，真讓我羨慕不已。雖然他在高中時期曾經換了幾名女友，其中幾位我還不曾見過，但在體育學院的那幾年，則固定了交往對象，一交往就是四、五年。經過這段愛情長跑，退伍後的泰謙也加入職棒，算是有份比一般上班族還要高薪的穩定工作，也讓他決定與這名女友訂下終身大事。

以我和泰謙的深厚交情，婚禮上的伴郎，我絕對是不二人選。但由於我對於這種事確實沒什麼興趣，說明白一點，應該是種排斥，因而婉拒了他的邀約，莫可奈何下，他也只能找其他的親朋好友代替。

由於我們在職棒界都還算新人，因此到場祝賀的職棒人士並不是很多，反倒是過去青少棒時期的同學踴躍參加。許多同學見到我成為職棒明星都驚訝不已，說看不出來我會是名那麼出色的投手。當然，一些人還是會針對總冠軍最終戰的「再見失誤」加以調侃，雖然我臉上總是笑笑的，心裡卻是無比沉痛。

婚禮上，有人可能在酒酣耳熱之際，忘了該有的表面禮節，直接大聲喧嘩我那時候應該投什麼球，或是該怎麼接球等等的批評，讓我聽了真的很不舒服。第一反應很想直接回嘴：你現在還不已經沒在打球，又進不了職棒，有什麼資格這樣批評我，憑什麼一副比我厲害的樣子！

當然，基於昔日的同學情誼，我並沒有做出這樣的失態舉動。老實說就整個南茗青少棒隊來說，和我比較熟的，真的就只有泰謙一人。其他人對於當初徐總把我從校隊除名的政策，多半也只是抱著看好戲的心態，甚至也許還有人認為少了一個競爭對手，因此感到高興呢！

一路聊了下來，讓我受到很多不平的批評。一些和徐總比較要好的學長、學弟，甚至直接毫不客氣對我前陣子在媒體放話，害得徐總丟掉工作的報復舉動感到相當不以為然。關係和泰謙還算不錯的徐總，理所當然有在泰謙的邀請名單，然而自從爆發「復仇事件」後，徐總也不知去向，無法取得聯繫。

我當然也有滿腹委屈，事情的前因後果並不是大家看到的那麼單純。但我真的懶得和他們多做解釋，也許這就是成為公眾人物所需承擔的無謂批評。

這真的是一場我所吃過最不愉快的喜宴，到後來更藉著尋找友人的空檔，跑去和體院的朋友坐在一起。真的不得不抱怨，泰謙一開始就將我的位置安排錯誤，原本可能認為南茗國中是我們認識的起點，因此將我安排在那桌，殊不知卻讓我在那裡飽受冷嘲熱諷。相對而言，體院的那桌較多職棒選手，比較不會出現對於職棒場上表現的主觀批評。

說嘴當然都很容易，但真正去做的時候卻又是另一回事，我想也許只有真正在職棒場上打過球的人，才能體會一些難以言喻的細節。

就在宴會快要結束的時候，我在會場外看到了一個熟悉的身影。那人雖然服裝經過刻意掩飾，又戴上帽子遮著，卻還是能夠認出他那張俊俏的臉龐。他看起來沒有要進入會場道賀的意思，只是將紅包交給相關人員，並在簽到簿簽名後便轉身離開。

就在他即將離開的時候，我想向前跟他進一步交談，想不到見到我接近的舉動，他便直接往大門方向奔跑而去。由於人數眾多，他的身影一下便消失在人群之中。

我那時還不是很確定他就是我所想的那人，因此沒有繼續追了過去。回去查看簽到簿，卻發現和我所想的一樣，那人便是失蹤已久的前職棒明星，也就是我國中時期的棒球啟蒙恩師張傳隆。

真的很久沒有再見到他，自從簽賭案爆發後便失去蹤影，這次的出現不免令人勾起那段國中的苦澀回憶，同時又讓人想起他後來令人心碎的簽賭舉動，心情一下就變得非常沉重。

而他這次的到來，為何要這樣遮遮掩掩，是因為希望避人耳目，還是另有其他目的，在我心中留下了一個極大的疑惑。

◎六局上半　阻殺

徐總突如其來的退休宣言，真讓我有些措手不及。雖然早就知道會有這一日的來臨，卻還是來得相當突兀。也許就如徐總所說，當前的第一要務，就是想辦法讓青苑少棒隊拿下冠軍，好能爭取到出國的比賽資格，也能讓即將畢業的六年級選手們留下美好的回憶。

這幾天的練習，許多選手已經出現疲憊神情，但為了能在這週總冠軍賽中拿下最後勝利，他們也只能咬緊牙根苦撐下去。俊龍這幾日狀況看來已經調整到過往的巔峰狀態，若是能繼續維持下去，相信總冠軍賽我方的勝算將能夠大大提升。反觀過去比賽所仰賴的重砲手振益，卻還是籠罩在張傳隆的意外事件，打擊手感雖然已經有些恢復，但整體表現還是大不如前。

為了能讓振益完全解開心結，我決定私自調查這件意外，好讓真相能夠徹底還原，尤其是張傳隆身亡時，手中握有的那些千元鈔票，背後究竟還有什麼弦外之音，確實還是令人相當在意。前幾天雖已去過案發現場，經過調查也沒發現怪異之處，所有線索都將矛頭指向球擊意外。由於這幾天算是青苑少棒隊調整狀況的關鍵時期，徐總與我絕大部分時間都陪著這些小選手們練球，我也無法抽身去作更進一步的調查，也只能拜託薇芳去執行這項任務。不過自從薇芳答應這項請求後，也已過了好幾天，卻仍舊沒有新消息，真不知道調查進行得如何。

在此之前，卻還有另一項疑惑想要解開，那便是林泰謙和徐總之間到底發生了什麼事，讓兩人出現那天怒目而視的怪異情景。

徐總的身體狀況，在這幾天並沒有好轉的跡象，偶爾還是會出現臉色相當蒼白的病容，讓人看了非常擔心。但不管怎麼詢問，徐總還是堅持沒有問題，身為旁人的我，真的也拿他沒有辦法，畢竟身體是自己的，也只有自己最清楚自己的狀況。

有人說老人與小孩的脾氣最為相近，我想這句話套用於現在徐總身上，應該一點也不為過。但看到他認真指導小選手們的那雙眼睛，我也不好再說些什麼，只希望他確實是因為賽事將近，才讓精神有些不濟，身體上並無什麼大礙。

看著振益一直擺脫不了陰影，如果光是期待調查結果能夠翻案，也不是很好的辦法。要是最後的真相依然如故，那麼對振益來說，也不會有任何實質上的幫助。

由於決賽將近，最近球隊練習都只是為了維持球感，所以份量並不是很重。看著球場上振益的高大身影，還有他賣力揮棒的動作，我忍不住上前勸他幾句。

「振益，我覺得你可以先去休息一下，我看你已經練習很久了，手不酸嗎？」

「教練，其實還好——」振益邊揮棒邊說著。「我真的很想把打擊狀況調整好，而且我這次比賽也不能出場，所以就算過度練習應該也影響不大。」

斗大的汗水從振益額上不斷流下，還可以隱約聽見鋁棒劃過空氣的聲響，整個打擊姿勢已經不像前陣子嚴重變形，但就這幾天的打擊練習觀察下來，振益還是鮮少出現長打。

任何人在追求目標時，都一定會遇到重重阻礙，從國小這樣一路打來，雖然大致上還算順遂，但還是會遇到一些不如人意的事情。也許我沒辦法深刻體會振益的心情，畢竟他現在這種狀況，也不是一般人所會遇到，但其實追求夢想本身就會伴隨許多犧牲，或許是我經驗不足，不知道該如何處理，對此我也感到想當煩惱。徐總對於此事採取比較放縱的態度，認為這一切只能等待振益自行想通、自行解決。也許徐總的方式才是對的，這種只有自己能突破的困境，旁人乾著急也於事無補。

就在我陷入沉思之時，薇芳又悄悄出現在練習場外。

「李教練——」薇芳在場邊招手小聲叫著。

因為託付薇芳的這項調查行動，是瞞著徐總偷偷進行，也只能假借訪問為由，從場上暫時離開。

關於這項調查，與其說是為了讓案情能夠翻案，倒不如說更想釐清張傳隆來到此地的背後目的。我從以前就很痛恨簽賭假球事件，更不願意讓這種卑鄙的魔掌深入少棒這塊淨土。

「嗨，妳好——」跑到場邊後，我親切笑著。

「李教練——」薇芳神采奕奕，難掩興奮之情。「我已經調查到一些消息，雖然不知道可不可靠，但也許還是能作為參考。」

「我想我們是不是該找個比較安靜的地方談談，現在有些不方便，晚上如何？」

「嗯，也是——」薇芳顯得有些不好意思，還刻意小吐一下舌頭。「找到這些消息後，一時太過高興，倒沒想到李教練現在正忙。」

不過這種衝動的行為，確實還蠻符合她神經大條的個性。約好晚上在前次見面的咖啡廳碰頭後，她便離開了球場。

經過下午的長時間練習，我感到非常疲憊。雖然勞力的人是那些辛苦的小選手，但勞心的人也還是需要消耗許多精神費心指導，這倒是以前身為學生時所無法體會的事。

很多事就是這樣，坐此山，望彼山。在還沒真正體會之前，永遠都會覺得別人的比較好，等到自己親身遭遇時，才會知道又是另外一回事。在學生時期，總認為教練只會出一張嘴，其實他自己恐怕什麼都不會，直到自己當上助理教練，才知道想要將過去所學適當表達出來，並不是一件容易的事。所謂「臺上三分鐘，臺下十年功」，就是這種老掉牙的道理。以往對於徐總的一些作為也會不表贊同，不知道為什麼，當知道他將要退休時，突然又能理解他一些行為的背後想法。

當了將近一年的助理教練，才深刻體會教練並不好當。而在這一年中我所扮演的角色，絕大部分又是站在選手這邊，盡可能替他們爭取最大的福利，現在即將成為正職教練之際，反讓我想法或多或少有了轉變。教練還是有教練該有的立場，並不是因為換了位置就換了腦袋，而是在分工制度下，本身就會出現這樣的改變。

「你還好吧？看起來心事重重。」薇芳問著。

「沒什麼，只是有點累而已。」

薇芳還是一如往常充滿活力，很懷疑她真的會有疲憊的時候嗎？或許有人個性就是如此開朗活潑，這是天性安靜的我所無法理解的。

「沒事就好，我想我還是直接切入正題——」薇芳將一份厚厚的文件交給我。「正如你所想的，我從報社和新聞界的友人那邊打探到一些線索，張傳隆確實有些繼續擔任組頭的負面消息傳出，但還不是很能確定這些消息是否可靠。」

「那妳覺得他死亡時手上的那些千元大鈔和簽賭有關嗎？」

如果張傳隆後來還是有繼續擔任簽賭組頭的重大疑慮，那疊千元鈔票確實很容易讓人和教唆放水有所聯結。況且他帶著那麼多錢，特意前來青苑少棒隊球場，更不禁令人懷疑是想試圖教唆我們球隊進行放水。

「嗯——」薇芳煞有其事說著。「是很有這種可能，因為據了解已有傳聞指出，一些組頭想將簽賭的魔掌，往下伸入學生棒球，不過消息的可靠性，我想你應該很清楚，媒體有時候都會出現一些憑空捏造的假新聞。」

「可是妳不覺得很奇怪，若是帶著大把鈔票前來教唆放水，妳覺得他想找的人會是徐總嗎？不過徐總那時還在從機械維修店回來的路途上，張傳隆想要見面的人，推測起來應該就不會是徐總吧？」

「可是——」薇芳以委婉的語氣說著。「如果是要教唆青苑少棒隊放水，應該還是會找徐總吧？我想他在隊上的影響力應該還是比李教練大上許多。」
她說得不錯，即使我待在隊上已將近一年，也時常扮演白臉角色，表面上好像深得學生喜愛，實際上卻還是能深深感受，徐總在學生們心中的地位，絕對比我高上太多。
如果張傳隆不是要和徐總見面，難道會是林泰謙？就我所知林泰謙受到那件事的影響，也被迫離開職棒，聽說在夜市賣起雞排，但也不是很確定後來的行蹤。
「嗯——」我決定把我的想法提出來討論。「妳覺得有沒有可能是張傳隆繼續擔任組頭的消息走漏，或是什麼人掌握了證據，張傳隆因而受到威脅？」
這也是當初有間媒體依據現場狀況，曾經做出的類似推測。
「我不知道真實的狀況如何，但我聽說在棒球的傳統中，學長學弟制非常嚴格，甚至到現在都還是如此。那麼以師生關係來說，我想影響力也是很大的。」
「什麼意思？」我有點不明白薇芳所想表達的意思。
「我在猜想張傳隆是不是受到了徐總的威脅，而前去那片森林交付贖款。」
「可是案發當時徐總應該還在路上。」
「正因為這名威脅者還沒到來，張傳隆才會在那片森林中等待——」薇芳雙眼突然變得相當有神。「只是萬萬沒想到會從青苑棒球場內飛來橫禍，張傳隆就這樣莫名其妙身亡了。李教練，你仔細回想一下，在徐總回來的時候，神色有沒有什麼異常的地方？」
「妳想說什麼？」我眉頭不自覺皺了起來。

我無法想像為人正直的徐總會做出這種勒索的卑鄙行為，更何況張傳隆過去還是他引以為傲的學生。

看到我有些生氣，薇芳反而慌張起來，趕緊繼續解釋：「我只是想說，這一切都只是假設，畢竟金錢的誘惑力，對一般人來說還是很大。如果徐總就是那名威脅者，在他回程發現張傳隆意外身亡時，一定會大吃一驚，所以我才想詢問你當時的狀況，好確認我的想法是否正確。」

薇芳的神情相當認真，和以往嬉鬧的眼神並不相同。其實她個性雖然有些脫線，卻還是會在必要的時候認真起來。她說的並非完全沒有道理，回想起徐總那天剛到球場時，確實看起來有些神色慌張，但也可能是我印象有誤，畢竟這段記憶也已有些時日。

她的這段話真讓我心情突然變得非常沉重，窗外的街景彷彿跟著轉變，色澤也逐漸黯淡下來。果真如此，是什麼原因讓徐總會做出這樣的舉動？徐總的生活一直相當簡樸，就算在無意間發現張傳隆擔任組頭的證據，真的會受到金錢誘惑進而勒索他嗎？我直覺認為這和林泰謙脫不了關係。

由於思緒過於混亂，到後來幾乎沒什麼心情繼續享用這頓晚餐，表面上雖然和薇芳聊起一些青苑少棒隊的近況，實際上卻還是一直相當掛意張傳隆的事情。

草草結束與薇芳的談話，我決定前去青苑國小舊校舍，當面找徐總解開這些疑惑。

夜晚的校舍更顯得老舊不已，又在四周寧靜氣氛的圍繞下，完全是個已被遺棄多時的古老角落。在這一排殘破的矮房中，只有徐總那間屋子還透出微弱的燈火。

在我還沒踏進屋子前，就先在門口聽到屋內傳來的爭吵聲音。

「你是什麼意思！我知道絕對是你！」一名男子咆哮著。

「你懂什麼——」接著是徐總的微弱反駁。

發現這種異狀，我趕緊加快腳步穿過房門，映入眼簾的，卻是滿臉通紅的林泰謙一把揪住徐總衣領的驚恐畫面。而徐總雖然被推倒在地，但也不甘示弱，雙手緊抓林泰謙的右手奮力反抗。

見到我突然闖入，兩人瞬間停下爭吵動作，並逐漸恢復冷靜。林泰謙慢慢鬆開緊抓徐總衣領的手，並緩緩退向後方；徐總雖然沒有剛才那麼憤怒，但滿佈皺紋的雙手依舊顫抖不已。

「啊？是你——」林泰謙不敢正視我的雙眼，反而只是小聲念了一句。

沒有作出任何回應，我只是默默走向徐總，並將他扶了起來。

我真的不懂林泰謙還有什麼臉，竟敢出現在我面前！原諒一個人真的那麼容易嗎？

徐總這時突然不停抽搐，臉色變得相當慘白，扭曲的面容看起來非常痛苦。

有了上次的經驗，讓我知道徐總現在狀況恐怕不是很好。我轉身瞪向林泰謙，巴不得他能從我面前馬上消失。

「喂，你聽我解釋，他——」

不待林泰謙說完，我直接打斷他的話語：「你還有什麼資格在我面前出現！你給我滾！」

看到我極為憤怒的模樣，林泰謙先是一愣，而後又向前走近，並輕輕搭住我的肩膀，想與我示好。

但一想到大哥的死與他脫不了關係，我再也忍受不住，直接甩開他那骯髒的手，想不到他還是不願放棄再次嘗試，這讓我更為光火，一下就讓我完全失去理智，直接使盡全力往他臉上揮去。

「滾！你快滾！」我緊皺眉頭大聲怒吼著。

不管過去多麼要好，但發生了那件事，怎麼可能不會有恨，更何況從小就對我們疼愛有加的大哥就這樣走了，教我如何能夠不對他懷有無限恨意？

見到我異常憤怒，林泰謙不敢再有輕舉妄動，只能摸著臉上的傷口倉皇逃離此處。

看見他離去時的熟悉背影，不禁讓我回想起國中時期，那個細心教導我球技的親切身影，一股既憤怒又沉痛的矛盾不免湧上心頭。

然而我只能說，想要原諒一個人真的很不容易，就連和那個至親的人，到現在都還無法跨出第一步，更何況是身為外人的林泰謙。

◎六局下半　暴投捕逸

加入職棒的第二年，由於幾名隊上原有的先發投手，在前一年季末被宣告為戰力外釋出，讓我開始有機會成為先發輪值。在剛開季的前幾個月，雖然前兩場比賽苦吞敗投，卻在接下來幾場先發中投出五連勝的佳績，讓我頓時成為媒體焦點。不過因為個性低調的關係，倒讓我很少公開發表言論，媒體界開始有人對我這種神祕色彩逐漸產生不滿，認為我身為新人竟敢這樣耍大牌，再加上前一年對徐總那段莫須有的「報復言論」，儘管我有著備受矚目的亮眼成績，卻一直無法得到媒體寵愛，甚至時常傳出一些莫名其妙的負面消息。

我不是很喜歡和媒體打交道，曾經從不少前輩那裡聽過，會扯上簽賭案通常都是交友不慎。基於「潔身自愛」原則，面對環境比較複雜的新聞記者，我始終保持較為冷淡的態度。也許因為這樣的緣故，讓我圈內朋友也不是很多，但為了杜絕各種可能，我想這種孤單還能忍受。

那時幾個算是跟我同期的新人，數據上的表現和我相去不遠，甚至嚴格說來，我的表現還比他們更為優異，但當他們出現一些耍帥動作時，媒體都會以正面標題加以讚揚，認為這就是身為明星球員所該具有的霸氣。

反倒是自己在球團與前輩的不斷要求下，勉強在投出三振後作出拉弓手勢，看在媒體眼裡，不知道為何卻成為「不知好歹」的挑釁動作。或許我的面貌沒有其他球星來得出色，但在球場上的認真態度和賣力表現，我想絕不亞於那些敢秀出自己的選手，但所得到的評價竟然相差十萬八千里，真讓人哭笑不得。

我時常在賽後觀看比賽影帶，發現自己在場上的拉弓姿勢，雖然因為面容的關係，並不是十分帥氣，但應該也還不至於到達面目可憎的程度。

讓我終於下定決心做回自己，則是一篇傷人的報導。這篇球迷投書一如往常貶低我的形象，認為我態度高傲，只能用「醜人愛作怪」來形容。雖然知道這很有可能只是其他隊伍的死忠球迷，對於我優異表現的一種情緒化反彈，但看在我眼裡，還是非常具有攻擊性。停止這種被迫做出的拉弓動作後，又有媒體開始反諷我「鳥掉了」，但我選擇不聽不聞，完全不再理會這些記者怎麼寫了。

一開始當然也會覺得莫名其妙，但久而久之卻已逐漸習慣這種放大鏡下的生活。或許懂得和媒體示好的人，不管做了什麼不好的事，也不容易被大肆報導；而不懂得和他們做朋友的人，即使有什麼好事，誇張一點也都可能變成負面新聞。

這讓我想到以前體院的師長曾經跟我說過的話：懂得包裝自己的人，就算再沒能力，也能四處吃香；而只知道默默打拼，處事低調的人，不但會被社會遺忘，更可能受到其他人的無情攻擊，畢竟這樣的人也不會反抗，對一些以損人為樂的人來說，真是不可多得的箭靶。

雖然師長的這段話，是希望我個性不要過於拘謹，能夠放開一點，但我還是認為這種低調態度沒有什麼不對。

在我大紫大紅的這段日子，反而是泰謙最為苦悶的時候。有時候我都很想替他打抱不平，以他靈活的配球功力和穩定的打擊能力來說，要爭取到上場機會，並不是不可能的事。尤其是過去到現在所累積的比賽經驗，還有他後來補足的守備能力，更是成為主力選手的優良條件。唯一美中不足的，大概就是他有舊傷在身，沒辦法長時間連日蹲捕。

從我們前一年加入職棒到現在，我已經在上一季的總冠軍賽中登場亮相，而他只能在零星幾場不重要的比賽結束前上場接替守備，就連打擊的機會都還沒有。我想很多球迷可能也沒有注意到，在一些比賽後段是由泰謙上來蹲捕的，畢竟他出賽局數真的不是很多。到了第二年，球團又簽下另一位名氣很旺的新秀捕手，讓泰謙的上場機會，幾乎被老捕手與這名新秀完全壓縮，僅能在場邊熱身區陪著後援投手練習。

由於我後來定位於先發投手，跟泰謙在棒球場上的交集變得愈來愈少，看到他進展這麼不順，我也非常難過，甚至在幾次與教練團的私下交談中，我也不斷暗示泰謙是個不錯的選手，只是從出賽機會看來，我的意見似乎沒有達到任何效果。

我常常在想，人的機運真的非常重要，如果在那次總冠軍賽中，沒有第六場奇兵式的優異先發表現，或是只有第七場那種慘烈的再見失誤，我想自己後來的命運，應該不會比現在的泰謙好到哪裡。得不到教練團的信任，就算再有能力，沒有上場機會也只是枉然。青棒時期的前兩年，已經深刻體會到板凳的苦滋味，在沒有健全二軍制度的職棒裡，像泰謙這樣的板凳選手，沒有正規比賽來調整臨場感，也很難在正式場合能有適時表現，讓人真替泰謙感到惋惜。

換個角度來說，即使我現今在隊上擁有穩固的先發地位，要是一個不小心，都很有可能因為受傷而落入永無止境的板凳循環，更讓人不得不戒慎恐懼。但球場上千變萬化，會出現什麼狀況任何人都無法預料。

好在整個上半季結束，雖然後來中止了五連勝，但還是拿下了九勝的佳績，其中還有很多場完投勝，也幫助球隊拿下上半季冠軍。但也因為密集出賽，讓我手臂開始感到些微不適。

父母親對於我在球場上的表現非常高興，時常在比賽結束的夜晚，主動撥打電話鼓勵我。每當吞下敗戰的難受之夜，他們短暫的幾句話語，真的給了我莫大的勇氣。我很感念當初父親決定讓我就讀南茗國中，其實這一路上來，需要感謝非常多人，要是哪個關鍵點沒有貴人的相助，或許也沒辦法走到這裡。

經營體育用品店的大哥，更是開心不已，時常隨著我們球隊南北奔波，為的只是觀賞我的比賽，甚至還暗中替我成立了「阿山球迷後援會」，而我卻是遲至下半球季才知道這件事。還在就讀體院四年級的弟弟，也在業餘成棒界闖出不錯的名堂，連入伍兵單都還沒收到，就先拿到許多球團的簽約詢問。看來弟弟進入職棒與我對決的夢想，真的不再是那麼遙遠了。

然而下半季表現不如預期，可能和上半季過多的投球局數有關，最後僅再拿下了四勝，並吞下多場敗戰，不但防禦率升高，就連原本引以為傲的三振率也大幅下降，到最後不但連原本最被看好的勝投王沒了，連奪三振數也被其他隊的洋將後來居上，真的非常可惜。

而在下半季，球隊表現並不像去年季末那麼順利，最後只以第五名作收。季後的總冠軍賽，雖然出賽兩場，完投了十八局，僅拿下一勝一負的戰績，但最後球隊還是以二勝四敗輸球，沒能順利拿下總冠軍。然而撐完總冠軍系列賽後，手臂酸痛已達到我無法忍受的地步，經過醫院詳細檢查，這才發現肩膀和手臂韌帶已經嚴重受損，尤其是手臂的部分，需要進行手術加以復原，否則後果並不樂觀。

這項消息有如晴天霹靂突然降臨，原以為只要在季後好好休息，便能在明年投出更好的成績，沒想到卻是如此嚴重的傷勢。儘管我一再小心翼翼保護自己的第二生命，然而球團不斷下達出賽指示，也讓我無從抵抗。這種過度出賽一直讓我非常擔心，想不到受傷的惡夢竟然這麼快就降臨在我身上。

再跟球團討論以後，我決定在季末進行手術復原，隔年球季什麼時候能夠復出，也還是未知數。但為了未來更長遠的路途，這種短暫休養，則成了必要的犧牲。與其擔心復出後在球團是否還能重新拿回原有地位，不如著重於眼前傷勢，好好養傷才是第一要務。

手術進行得相當順利，術後手臂不再感到疼痛，但力道卻大不如前，放球點也有些移位，讓我球感變得沒有以前那麼精準。不過這種事原本就需要時間調整，因此球團也沒有急著要我上場出賽。

就這樣，加入職棒的第三年，前半球季都在調養中度過。也因為復健的緣故，讓我和泰謙接觸的機會又大為增加。

由於泰謙在隊上出賽的機會並不是很多，第三年月薪從原本的五萬降為三萬。而我第二年的表現雖然還算不錯，原本球團考慮要從十萬調升為十五萬，但這一季礙於養傷無法出賽，只將薪水小幅調升到十二萬。對於泰謙來說，沒有出賽機會應該已經相當鬱悶，卻又在季初接到這種減薪的消息，我想他心裡一定很不好受。

然而在此同時，卻接獲他另一項喜訊，那就是他的兒子誕生了。身為好友的我，理所當然會獻上滿滿的祝福。

看到泰謙這幾年在隊上的不平遭遇，我很想伸出援手，但就連自己都無法確切自保，也很難做出什麼具體行動。唯一能做的，也只有替他加油打氣。

大哥成立的「阿山球迷後援會」，一開始並沒有很多人加入，但隨著我一場場的優異表現，也漸漸開始累積一些球迷。但我並不像一些球星，很會與球迷們互動，甚至很敢秀出自己，以我低調的個性來說，能夠吸引到球迷已經算是我始料未及的事。

弟弟投入軍旅後，已經確定和某支球團高薪簽約。當然，為了實現與我投打對決的夢想，他決定加入與我不同的隊伍。身兼球迷後援會會長與體育用品店店長的大哥，為了鼓勵我與弟弟，決定開始投入大量資金，製作我與弟弟的球服，提供球迷們選購。雖然大哥是一片好意，為了給予我精神上的支持，使盡各種辦法替我招募球迷，以及提供各種商品，但這種熱情的舉動，卻也為後來埋下了悲劇的種子。

為了替泰謙打氣，在我得知大哥有製作球迷服的這項投資後，我慫恿他希望也能替泰謙製作少量的球迷服，甚至是在球迷後援會一同宣傳泰謙，好讓他能打響知名度。大哥一開始並不是非常贊同，就一些商業上的專業考量，這項商品完全不敷成本，也看不到未來性，但我並不是非常了解大哥的顧慮，所以還是一再拜託。我告訴他，泰謙真的是我這輩子能夠踏進職棒界，最為重要的朋友，現在他陷入低潮，我不能就這樣置之不顧。拗不過我一再請求，從小就對我近乎溺愛的大哥，最後還是答應了。

就在第三年球季還沒展開前，泰謙的兒子悄悄來到人世，我帶著驚喜前往祝福他們一家三口。當泰謙接過我帶給他兒子的「泰謙專屬球迷衣」時，只見他眼眶濕熱，久久無法言語。同樣身為職業球員，我很了解球迷與家人對我們的重要性，講明白一點，我們這種靠球迷供養的職業，如果沒有球迷支持，即使表現再好，無論是實質或精神方面，都很難繼續獨自生存下去。

「泰謙，我從以前就一直是你的球迷，到現在都還是！」

這不是客套，而是我打從心底一直這麼想著，終於在祝賀的這天，第一次開口對他說出這句真心話。從以前就一直很欣賞泰謙的遠大志向和靈活配球，國中時若不是有他的指導與鼓勵，我想我很難彌補沒參加過少棒隊所缺少的一些基本功夫；到了青棒時期，若不是他的邀請，我也沒辦法在榮工隊接受特訓，奠定爾後的投手基礎。不可否認，他絕對是到目前為止，我認為最能與我配合的最佳搭檔，只可惜因為機運不同，讓我們走向分歧的命運。

接過球衣的泰謙，沉默半晌後終於開口：「阿山，謝謝你，你真是我的好兄弟！」

他說完後先是凝視遠方好一會兒，接著才又低頭對著還在襁褓中的兒子自言自語起來：「你看，這是阿山叔給你的禮物，希望你長大以後，能夠成為比爸爸還要厲害的棒球選手。不，是一定會成為比爸爸還要強的選手！」

泰謙的這句話語，多少帶有自解自嘲的意味，在我看來，一直苦於沒有出賽機會的他，心情必定相當苦悶。如果我當初沒有將他一起帶入現在的這支球隊，或許在沒有強捕環伺的其他隊伍中，他可能早已出頭。

我不得不感慨，名氣對一個人來說真的太重要了，尤其是這種職棒生態，要不是我在高中和體院時期都有投出代表作，我想天底下任何教練團都不太可能重用我，或是淺嘗幾次表現不佳，便很難再有機會翻身。不像名氣大的選手，教練團會給予較大的失敗空間，對於沒有名氣的選手來說，除了實力以外，若沒有運氣相輔，可能永遠都會被其他選手的光芒所埋沒。

上半季的這段期間，幾乎都在進行手臂復健，先以恢復體力為主，再以找回球感為次要目標。這段期間時常與泰謙密切練習，總算逐漸恢復球感，最後才在下半球季重回睽違已久的投手丘。

然而結果並不如預期那麼順利，傷後復出的球威下降，而控球變得沒有以前那麼精準，一下就連續吞下多場敗投，防禦率居高不下，就連最拿手的奪三振也少了許多。

我面臨了前所未有的低潮，一下就被教練團打入冷宮調整狀況，變得只能在某些比較無關勝負的比賽，上場擔任敗戰處理。在這種情況下，真讓我自信心大為受損，投起球來變得愈來愈閃，以往的霸氣都不知道到哪去了。

由於成績一直沒有好轉，我漸漸在網路上看到很多球迷對我的不滿情緒，認為我本來就沒什麼能力，之前總冠軍賽第六場與隔年上半季的佳績，只是我的運氣和打者群的不熟悉，下半季才會被打出原形，到了現在儘管已經傷後復出，但這種高防禦率的難看表現，更是印證了這種說法。

我看了真的心痛不已，但人就是有犯賤的劣根性，明知道網路上充滿許多傷人的言語，卻還是忍不住會去多看幾眼。也許這就是身為攤在陽光下的公眾人物所需承擔的批評，如果是富有建設性的，我當然很樂於接受，但無理的謾罵真的太多太多，讓人心寒不已。

一開始或許還會非常生氣，真不知道這些球迷是存著什麼心態說出這樣傷人的話語，好歹論球技，既然都已經一路辛苦打到「職業」棒球，也有一定的專業水準，應該沒必要做出這種質疑。但這種無謂批評看久了、聽多了，真的會變得麻木不仁，或許說好聽一點是種潛移默化的成長。看起來擁有球迷後援會好像非常風光，但任何光鮮亮麗的外表下，攤在陽光下就一定有背後不為人知的陰影，成為這種公眾人物就要有面對各種批評的勇氣。

我可以想像，如果我是一名球迷，滿心期待花了幾百塊入場看球，或是挪出幾個小時守在電視機前，一定希望自己支持的球隊能有好的表現。前輩時常告訴我：「罵你的人，就是愛你的人。」即使明白這種道理，多少還是會在無意中受到影響，或許也可說是我的歷練還不足夠吧！

當然，還是會有一些支持我的球迷，在我低潮的時候，獻上最適時的鼓勵，那種窩心感真的會令人想要痛哭流涕。或許球迷的好壞評比，只是反應該球員的實力表現，但如果這種正面激勵能夠多一點，我想我們這種職業球員，儘管需要一直承受來自球團、教練與同儕競爭的龐大壓力，還是能夠從球迷那裡獲得溫馨的喘息空間。

下半球季結束後，我留下了一個非常不理想的成績，球隊在最後也以墊底作收，讓球團老闆對此相當不滿，決定對一些表現不佳的球員做出降薪處分。當然，我這種成績一定難逃一死，也使得我隔年薪水被大幅調降到了六萬，只比泰謙高出三萬，可以想見在球隊的處境變得相當艱困。

在此同時，球團又補進了三名投手新秀，其中兩名還是左投，取代我的意味相當濃厚。果不其然，在我加入職棒的第四年，已經被教練團定位為短程中繼投手或是專門對付左打的功能性投手，而三名新秀的表現又相當耀眼，能夠上場的機會變得愈來愈少。

與泰謙一同坐在板凳上的日子變得愈來愈多，也讓我對未來開始相當迷惘。看著同隊隊友能在場上與對方拼生死，真讓我羨慕不已。或許有人會認為，教練團已經給了我很多機會，只是我自己沒有好好把握。但我很想說，機會都把握了，只是自從受傷以後，球速降了很多，最快只能到一百三十公里左右，和以前最快的一百五十公里，真的差了非常多，也難怪表現沒有以前來得那麼亮眼。

以前對於徐總國中時的校隊除名，還有青棒時期學長的欺壓，一直都讓我深感不滿。但到了體院時期，看到許多過去大放異彩的名投手們，因為以前過度使用手臂，造成終身傷害，才讓我慶幸那段不順遂的棒球路，其實是上天對我的眷顧。然而加入職棒的第二年，卻因為教練團的過度操用，讓我手臂還是走上了受傷的悲慘命運。職棒的合約制度，真的讓球員非常沒有保障，也讓球員不敢隨意抵抗教練團與球隊老闆的任何命令，終於造就我今日這種受過傷的脆弱手臂。在過度出賽的那段期間，我也有向教練團反應過我的狀況，但得到的卻還是出賽命令，最後變成這樣，難道我心中不會有恨嗎？

儘管如此，手臂傷害已成事實，我也沒辦法做出任何挽救，現在所想的，也只能想盡辦法調整自己的球種，不再以快速球為主，好力拼重回隊上主力的一天。弟弟在這一年就快要退伍，之後更會加入職棒，都還沒履行與他對決的約定，又怎麼能夠輕易放棄，這個從小就開始追求的職棒夢想？

第四年上半季後段，我總算又有了起色，最快球速恢復到了一百四十公里，控球也變得穩定許多，又有了新的拿手球種，不過還是無法像受傷前能夠吃下長局數，僅能以短中繼上場。也許是失去的球感終於又找了回來，投起來順手許多，讓我又逐漸成為隊上倚重的中繼投手之一。

在此同時，卻從泰謙那裡得知張教練的消息。張教練對我恩重如山，儘管最後以簽賭醜聞黯然離開職棒界，但不管如何，過去國中對我的教導之恩與進入高中的推薦之情，都是不容改變的事實。這一路上的奮鬥歷程，尤其是後半段的點點滴滴，我真的很想親口告訴這位恩師。一向和張教練頗有交情的泰謙，終於聯絡上張教練，讓我感到高興不已。

我們約好在休兵日時，好好聚在一起，準備重溫師生情誼，我也一直很期待這天的來臨。或許以一個現役球員來說，與擁有簽賭前科的張教練會面並不是很好的舉動，但畢竟那件事也過了將近十年，我想也沒必要這麼不厚道，所以還是一口答應了這項邀約。

當天我們前往中部的一家傳統餐廳，到場的人士除了泰謙與我之外，還有兩名不認識的男子。當時並沒有多想什麼，認為可能是泰謙榮工時期的朋友，或是張教練的舊識，只是覺得他們給人的感覺有些怪異。後來從交談的內容判斷，可以猜想他們應該是泰謙與張教練共同認識的友人。

沒多久，張教練也到場了，這麼多年沒見到他，真的非常懷念。雖然他臉上已經留下了一些歲月痕跡，身材也有些發胖，但他那張俊俏的面容，依舊還是不減當年的帥氣。

「阿山，表現不錯啊！最後還真的加入職棒了！」張教練那親切的招牌微笑，時隔多年又再次浮現眼前。「不過你生活作息還真是低調嚴謹，要不是泰謙幫忙，我可能永遠都見不到你了──」

「哪裡、哪裡，最近表現不是很好──」我想到最近一年的表現，真有些無地自容。

「哈，別這麼說──」張教練露出苦笑。「職棒場上本來就是起起伏伏，像以前那樣持之以恆，還是會有重返榮耀的一日。」

不知道張教練是否想起以前的假球陰霾，總覺得他說這話時的眼神有些閃爍。

之後我們的話題盡可能避開張教練的假球風暴，大部分圍繞在我和泰謙體院時期後的棒球發展。

而原先就在場的那兩位陌生人，都只是靜靜聽著我們三人交談，很少發表任何意見。就在酒酣耳熱之際，原以為這場聚會就快結束，想不到張教練這時突然走到我的身邊，並叫那兩個人拿了一個沉重的公事包走了過來。

「阿山，這是一點小心意，收下吧！」張教練笑容滿面說著。

我那時候沒有任何特別想法，甚至還以為會是什麼棒球相關的文件資料。就在公事包被打開後，真讓我大吃一驚，完全無言以對。裡面裝的是大把千元鈔票，少說也超過數十萬。

「阿山——」張教練依舊擺著親切的笑容，只是眼神突然變得有些嚴厲。「你現在中繼投手的定位非常重要，往往都是一場比賽的關鍵。每個投手的狀況不可能每天都那麼好，你要知道，職棒的路很難走，在現在這種鳥制度下，根本不可能有什麼保障，名氣過了或是沒有利用價值，一下就會被拋棄。有些球團的經營心態，你也不可能不知道，那種動不動就喊著解散、草創和剝削球員的環境，你覺得還能待多久？聽我的，只要不小心在某幾場比賽狀況差一點，或是不小心漏接幾球，一場比賽上百球，放掉幾球不可能會有人察覺的。這些退休金以後只會多，不會少！」

我聽了以後真的非常憤怒，原來這才是這場「鴻門宴」的最終目的。本想直接當場拍桌離開那裡，但一方面基於過去的師生情誼，讓我難以下手；而另一方面，那兩位不明人士表情突然變得很不友善，雙手叉腰站在身後，擺明就是威脅。

張教練見到我沒有回應，先吩咐那兩人將公事包闔上，接著異常親切走向準備起身離去的我說著：「別擔心，你不是第一個，也不會是最後一個——」

我始終無法想像，從前與泰謙都非常唾棄假球簽賭的這種放水行為，多少一同喝著啤酒閒聊的夜晚裡，我們有志一同互相承諾絕不會走上這種邪路，而今他竟然帶頭出賣了我。

或許在球團內他看不到未來，就這點來說，載浮載沉一年以後，我也逐漸能夠體會這種痛苦的心情，但我們從小一路上來，不管是誰陷入低潮，一直都是互相勉勵，從沒想過這種卑鄙的手段。即使知道自己未來的路，可能非常艱辛，甚至還會長期淪為板凳球員，我也沒想過這種手法。但長年來飽受球團冷落，真的讓泰謙變了。

一直以為交友謹慎和拒上酒店的我，不可能和「簽賭」沾上邊，萬萬沒想到，卻在多年好友這裡淪陷下去。

泰謙不敢直視我的怒目，只是默默垂下頭去。

我相當生氣，很想當場發飆，卻也只能眉頭深鎖，壓抑怒氣說著：「對不起，張教練，我不能接受這種請求！」

不顧其他在場人士的威脅，放完這句話後，我就直接走了出去。原以為會受到攔阻，但在張教練指示之下，他們並沒有作出任何行動。

這場聚會真讓我傷心透頂，張教練和泰謙真的變了！以往的夢想和以前對我說過的話，到底還算是什麼！

那晚以後，我再也沒和泰謙說過話，兩人之間形同陌路，即使在場上相遇，也只是將對方互當空氣。就算知道他和簽賭人士有著不當的掛鉤，心中有股衝動想要揪出他的惡行，但卻又無法狠下心來付諸行動，演變到後來也只能與他徹底絕交力求自保。

然而，這件事並未就此結束。月底時，我的帳戶忽然出現來路不明的數十萬款項，即使不用查明，我也很清楚是從哪裡來的。

正在我猶豫該怎麼處理這件事的時候，幾天後突然在新聞上看到泰謙因為涉嫌簽賭放水，遭到檢警收押的消息，讓我震驚不已。沒多久，警方也將矛頭指向我開始偵辦起來。對於這種情形我當然矢口否認，但警方還是針對帳戶上的不明款項提出質疑，更調出許多過去比賽的錄影一一查證，發現我很多比賽都出現漏接的狀況。但滾地球本來就是我的罩門，這種情形竟然被視為放水假球，真讓我百口莫辯。此時，更有媒體落井下石，不斷播出當年總冠軍第七場球賽，用我那球關鍵的「再見失誤」來影射自己的簽賭。

最後，泰謙在偵訊時坦承犯案，並將許多涉嫌球員一一供出，或許念於過去的情誼，他不但沒有將我拖下水，還一再重申我拒絕簽賭的清白。根據多人證詞的交叉比對以後，雖然檢方最後並未對我提出告訴，但還是造成我難以挽回的嚴重傷害。

許多球迷對於檢方的判決並不全然取信，認為我與泰謙關係甚密，絕對脫不了關係，紛紛退出我的球迷後援會。球團對於此事也是採取不信任的態度，從那之後再也沒有給予任何上場機會，更警告若在季末不自行簽下離隊同意書，也不再續約。如果簽下則還有機會轉到其他球隊發展，算是放出一條生路讓我自生自滅。

迫於無奈，也只能遵照球團指示簽下同意書。沒料到這一切不過都是球團的自保手法，各隊之間的領隊會議早就達成封殺我的協議，讓我頓時失去職棒舞台，球團還發表聲明稿是我自請離隊。

我過去為球隊付出了那麼多，尤其是第二年為了替球隊拿下冠軍，甚至嚴重傷害了自己的手臂，這就是球團給我的回報嗎？

受到這件事波及的還有我無辜的弟弟，本來即將退伍加入職棒，卻因為我的涉賭風波，讓原本與他簽約的球隊無故解約，而其他球隊似乎也達成共識，不敢簽下弟弟。不僅如此，連業餘成棒界也因為這件事情，將弟弟封殺於外，讓他都還沒嘗過加入職棒的美夢，就提前破滅，讓我既氣憤又愧疚。

到後來弟弟也只能和我一樣四處打打零工，並在基層棒球隊兼任助理教練，而他的那所學校不僅跟我帶的球隊一樣名不見經傳，還是這幾年才剛成立的新球隊。不過與我不同之處，雖然檢方並未針對簽賭事件將我判刑，但學生棒球聯盟卻對我做出十年的球監處份，讓我後來即使當起助理教練，每逢正式比賽時也只能在看台觀球，不能出現在紅土場內，我這「骯髒」的名字也完全不能出現在正式名冊中，成為只能徘徊在球場邊的幽靈。

而這件事的另一位受害者，便是我那可憐的大哥。兩個前途看好的球星弟弟，一下子就遭到全世界的封殺，「阿山球迷後援會」瞬間宣告瓦解。這還不打緊，重點在於大哥早已投資許多資金在後援會與我們的周邊商品上，全國各地阿山的周邊商品與弟弟原本即將上市的球迷衣，受到球迷抵制，一下就被全數退回，讓大哥一夜之間變得負債累累。

原以為這只是球迷一時的情緒反應，但後來愈演愈烈，網路上有人發起「拒買運動」，讓大哥原本就舉債經營的體育用品店也被迫關閉。大哥為了捍衛我的聲譽，還和曾經支持過我的球迷起了嚴重衝突，不但在處理後援會退費時遭到激動球迷圍毆，甚至還被誣指誤傷球迷，事後又敲詐了天價的賠償金額。這對大哥來說，無疑是雪上加霜，受不了這些接連的嚴重打擊，最後在一個下著大雨的夜晚，竟然在被查封的體育用品店自殺了。

大哥身亡時，周圍都是堆積如山的球迷衣，除了身上重複穿著我與弟弟的球迷衣外，店內剩下百件泰謙的球迷衣，全都被大哥拿刀劃得凌亂不已，其中竟然還有幾件我的球迷衣，竟也出現少許刀痕。

我可以想像大哥死前是在多麼絕望的處境，掙扎在信任與不信任之間，想必非常痛苦。在我看到報上出現「報應」兩字來敘述這件新聞時，不過是簡簡單單的兩個黑字，竟然一下就讓我眼淚奪眶而出。

到底我還有什麼面目繼續在這世上苟活下去？但我不明白，我錯了嗎？

突如其來的強大衝擊，讓原本還算圓滿的家庭，一下就變得支離破碎。這一連串的事件，讓我竟然對於自己沒做過的事開始在球迷，最重要的是，還有家人面前抬不起頭。父母親在事件爆發之始，還很相信我的清白，直到大哥身亡後，父母親與弟弟變得對我非常不能諒解，甚至已經到了痛恨的地步。弟弟更曾經抓住我的衣領，怒吼著：「殺人兇手！」

面對這種場面，除了心碎以外，我真的無言以對，但沉默並不等於默認，然而從那一刻起，我很明白，已經再也無法踏回老家一步。我可以想像弟弟對我深厚的怨恨，不但毀了他大好前程，又讓他摯愛的棒球舞台完全遭到毀滅，甚至最後一直非常照顧我們的大哥，竟然因為我的事而離開人間，讓我從那之後再也不敢與家人聯絡，尤其是最有資格恨我的弟弟。

那段日子我每天以淚洗面，真不知道為什麼上天要對我這麼殘酷，讓我遭遇如此乖舛的命運。過去那些與泰謙、弟弟一同披上中華隊戰袍的夢想，而今全都煙消雲散。

我對不起弟弟，對不起父母親，更對不起大哥，但我除了對不起之外，我又能改變什麼？而最矛盾的地方，就是這整件事的起因，竟然還是我那多年的拜把兄弟，真讓我恨也不是，原諒也不是。

即使心情如此複雜，還是只能說：林泰謙，我恨你！

◎七局上半　夾殺

那晚林泰謙在徐總的舊校舍鬧事之後，徐總又進了一次醫院。經過檢查以後，雖然沒有大礙，但不管我怎麼詢問，他還是不願意透露到底是得了什麼怪病。即使私下詢問醫生，他也只告訴我徐總交代過，不方便告知，讓我始終還是不知道究竟怎麼了。

不僅如此，事後不斷詢問徐總到底和林泰謙發生了什麼事，也只是得到冷淡的拒絕。問到最後徐總還為此大發雷霆，讓我也很難再追問下去。

關於他與林泰謙之間的糾葛，還有徐總絕口不提的迴避態度，讓我直覺認為一定和張傳隆的意外事件脫不了關係。

在職棒發生的第二波簽賭弊案中，林泰謙就是其中的靈魂人物。他與張傳隆利用過去的人脈，吸收許多以前的學生或是學弟，一同配合簽賭放水，總計詐賭收益高達上億元。

受到這件事的牽連，許多球員在事後都被迫離開職棒圈，而從沒做過這件事的我也無法倖免，最後就連大哥也間接受到嚴重傷害因而自殺身亡。雖然這些檯面上的罪犯都受到了該有的制裁，但大家心裡應該非常清楚，背後龐大的幕後黑手，還是沒有連根拔除。

原本在歷經張傳隆等人第一次職棒簽賭風波後，藉著國際賽的佳績與兩聯盟的合併，好不容易使得長久低迷的票房有些回昇，卻因為這些人的私利，又讓球迷再次傷心離場，重創整個職棒環境。

近年來在國際賽中，台灣代表隊的晉級之路愈形艱辛，可說就是被國內不良的職棒環境所深深影響。日、韓的職棒體系建制完善，大部分的國際賽，只要以職棒菁英組隊，便能大殺四方。反觀國內，在體制不健全的情況下，又頻頻出現簽賭疑雲，讓許多實力看好的選手，不是被教練團操壞，就是種種不明原因，被迫離開職棒，讓未來的新秀戰力，只想投入國外更優質、更有保障的職業環境。因果循環下，每每遇到重要的國際賽事，也只能廣召旅外菁英，以力求與日、韓一決勝負。

即使成為簽賭疑雲的受害者，讓我無法投身職棒，一同改造環境。曾經失意喪志，也曾經以為不可能再接觸棒球，但我真的由衷希望能在有生之年，親眼目睹我們實力勝過日、韓。也許這只是痴人說夢話，或是井底之蛙的空談，但我想這應該是很多人的夢想，至少我和徐總在這方面目標非常一致，才會不顧一切投入基層棒球。

以後振益、俊龍，甚至是進銘，會有什麼樣的發展呢？或許現在一些不起眼的小選手，才是未來大放異彩的明日之星；或許身材矮小的進銘，在國中突然長高許多，最後以投手而非游擊手的身分，在職棒球賽中勝場連連。

——這一切真的都很難說。也因為如此，我在他們身上看到了無窮的希望。

我甚至常常這樣幻想，希望當他們這一代的小選們投入職棒時，整個環境已經變得非常健全，與日、韓的實力差距縮小甚至超前，變得徵召國內菁英便足以抗衡，不要在他們身上又重演我這種遺憾的結局，好替我完成實現不了的夢想。

然而，儘管作了那麼多的美夢，我想，眼前或許還是先幫助青苑少棒隊拿下這次的總冠軍比較實際。

決賽當日的天空十分晴朗，在陽光的照耀下，許多選手還未上場，就已經汗流浹背。依照原定計畫，我們派出了王牌投手「火球阿龍」作為先發投手。如果狀況允許的話，我和徐總都希望他能夠完投六局，盡可能不要失分。畢竟對手是開明國小，向來就以投手群聞名，這場硬仗可以說是一分也失不得。

然而先發名單出爐後，卻讓我大吃一驚，因為開明國小派出的並不是隊上王牌，而是第二號或是第三號的先發投手，不僅如此，一些野手也不是常見的先發名單，令人相當摸不著頭緒。難道因為重砲手振益遭到禁賽處分，認為我方實力大為減弱，因此不用派出最強的陣容與我們應戰。當然也可能因為一號先發狀況不好，才臨時改由後面的人替補，但他們的那張王牌也有可能是想在比賽後半段才會押上來。

我想他們應該沒有輕敵的意思，畢竟這一路打上來，一些自以為實力堅強的隊伍，因為輕視我們這種名不見經傳小隊，只派出二線球員應付比賽，最後都落到慘遭淘汰的命運。球場上可謂「兵不厭詐」，也許因為他們隊上選手實力平均，所以想用這種冷門球員來混淆我們，但我們也不敢掉以輕心，和徐總開始一同盤算其他應戰策略。

雖然振益無法出賽，看起來少了長程火力，損失相當慘重，但畢竟整場球賽不能光靠幾個球員求勝，還是得想辦法靠著連貫的安打得分，因此在棒次安排上特別下過功夫。

一局上半，第一名上場打擊的快腿進銘，就靠著四壞球保送上了一壘，緊接著徐總下達了觸擊的戰術指令。在這種低比分的投手戰中，任何一分都非常重要，這種搶分戰術相當正常。沒有辜負徐總的期望，第二棒成功掩護跑者上到二壘，形成一出局得點圈有人的局面。

然而下一棒打者並沒有擊出適時安打，反而遭到對方投手三振，讓原本大好的得分機會，一下就形成兩人出局。雖然如此，二壘上還是有快腿隊長在那裡等待支援，也不能說完全沒有機會，更何況又輪到了第四棒先發投手俊龍。

振益雖然受到禁賽，但還是到場為其他隊友加油打氣，許多選手的家長們也應邀到場為自己的孩子加油。而薇芳也以球迷身分加入青苑少棒隊後援團，手拿相機在觀眾席捕捉我們的精彩畫面。

在俊龍上場前，振益還和他互相比出兩人特有的打氣手勢。這對原本存在競爭心結的小選手們，一同經歷張傳隆意外事件後，已完全成為共患難的好兄弟，看了真的十分欣慰。

也許一局上這個關鍵機會，會是整場唯一得分契機，讓我不得不對此非常謹慎。在俊龍走向打擊區前，我還特別喊了一個暫停，向他交代：「俊龍，你應該很清楚這場硬仗會是投手戰，要趁著他們王牌投手還沒上場前，先搶下任何可能的分數。不求長打，二壘上隊長腳程很快，只要技巧性地將球推向外野，要得到第一分應該沒什麼問題！」

俊龍神情嚴肅，只是默默聽著我的叮囑，在我輕拍他的肩膀後，便上場準備打擊。以俊龍的打擊來說，是有揮大棒的實力，但此刻我更希望他能改用巧打搶下領先分數，所以才會下達這樣的戰術。

然而俊龍第一球便被對方投手的變化球調中，揮了一個大空棒。以這個揮擊力道來看，俊龍並沒有遵照我的指示，看起來只想把球揮出場外，讓我有些不悅。

或許俊龍有他自己的想法，但這種團隊所要著重的就是互相配合，不該為了自己的個人主義恣意而行，即使他最後打出了全壘打，也可能還是會因此挨罵。

但這一切只是我的多慮，下一球俊龍便依照指示，將球技巧性推向一、二壘後方，形成巧妙的安打。由於二壘上的跑者進銘已經提前起跑，便藉著這支安打回到本壘，攻下寶貴的第一分。

一局上半結束，我方便以一比零領先開明國小，俊龍也算是為自己率先拿下保險分數。一局下半開明國小的三名打者，在俊龍速球的封鎖下，沒有擊出任何安打，還吞下一次三振。以俊龍今日的狀況看來，控球相當不錯，若能繼續維持，這場比賽的勝率將大為提升。不過球場上千變萬化，直到六局完成，比賽裁判宣告結束前，應該都沒人敢篤定自己能夠獲勝。

二局上半僅有第八棒捕手謝國倫靠著傳球失誤上壘，其餘打者在對方投手的壓制下，完全沒有任何發揮。儘管對方派出第二號先發投手對付我們，還是可以看出這名投手的堅強實力，並不會亞於他們的王牌投手，而且除了第一局遇到小亂流外，之後的表現愈趨穩定，讓我相當慶幸我們能在第一局拿下那寶貴的一分。

下半局開明國小的反攻，一上場的第四棒就擊出深遠的二壘安打，讓情勢變得相當緊張。而下一名打者又擊出一壘方向的軟弱滾地球，眼看二壘上的跑者有機會可以藉機上到三壘，不過卻被他們的教練擋了下來。一壘手最後自踩壘包將打者刺殺出局，跑者還是停在二壘等待支援。

開明國小的戰術有些保守，讓我有些吃驚。「一人出局二壘有人」與「一人出局三壘有人」，能運用的戰術相差甚遠，但也許他們還是有更深層的考量，認為二壘跑者有被觸殺的危險，才會下達這種保守的指示。

不管如何，眼前還是要小心提防接下來的打者，絕不能讓他們再出現安打。俊龍順利以速球解決下一名打者，形成兩人出局的局面。狀況奇佳的俊龍在面對下一棒打者時，在兩好球後還是投出三振，但沒想到捕手卻沒將球接好，形成「不死三振」。雖然捕手國倫很快就將球撿了回來，但由於這球速度很快，滾得離本壘板有些距離，不但讓二壘上的跑者上到三壘，還讓本來被三振的「慢腿」打者安全上到一壘。

在這種兩人出局，一、三壘分占跑者的失分危機下，迫使我喊出暫停。棒球場上很多逆轉局勢，都是由兩人出局後才開始進擊，在這種一分都不能失的情況下，讓我們變得格外謹慎。行動比較緩慢的徐總，並沒有走上投手丘，而是改由我上場代替。其實我多少都能察覺，徐總在這場比賽已不像以往那樣充分參與，反倒是放手讓我自己去帶領整個球隊，彷彿已將總教練的調度大權全都移交給我。

我喊出暫停的用意，只是希望俊龍緩和一下自己的緊張情緒，畢竟他今天的狀況還算不錯，應該不需要特別擔心，只是我不希望隊友的失誤，影響了他的投球心情。

「沒問題吧！你今天狀況不錯，好好加油！」在投手丘旁，我拿起俊龍的球揉了起來。

「教練，我知道我一分都不能失，所以一定要好好面對下一名打者。」俊龍神情嚴肅，眼間流露出強烈的求勝意志。

「專心對付下一名打者就好，不要管壘上的跑者。」

我話剛說完，便將手中的球重新遞給俊龍，而俊龍只是默默點頭，接著又再重新站上投手板，準備面對接下來的挑戰。

我實在想不出什麼安撫投手情緒的特別話語，畢竟這種工作以前主要都是徐總負責，也只能根據以往的經驗，作出這種最普通的安慰，也不知道能收到多大效果。

就在俊龍投出下一球的同時，一壘上跑者竟然開始奔向二壘，這完全出乎我的意料之外。原本以為一壘上跑者體型微胖，腳程從剛剛的「不死三振」看來，並不是非常頂尖，甚至可說有些緩慢，但沒想到開明國小的教練，竟然下達了雙盜壘的搶分戰術。雖然我方捕手國倫牽制能力在整個系列賽來說，並不算非常頂尖，但對方冒險讓這種慢速選手執行盜壘戰術，未免也太瞧不起我們捕手的阻殺能力。

不過由於一壘上的跑者腳程實在很慢，捕手國倫判斷後，還是決定將球傳向二壘阻殺。沒想到一壘上的跑者速度過慢，球傳到二壘時跑者都還沒跑到全部距離的三分之二，在一、二壘間形成夾殺的局面，但這時三壘上跑者也開始起跑奔向本壘。

「本壘！本壘！」俊龍急得往本壘奔去，並回頭大喊著。

國倫在本壘板上已經作好觸殺的準備動作，卻遲遲等不到隊友將球回傳過來。

看到這種緊張局面，我再也按捺不住，直接對著場上選手大喊：「不要傳本壘！快點觸殺跑者！」

眼看三壘上跑者就要滑回本壘，還好這時看到二壘審高舉跑者出局的手勢，總算結束了這極度緊繃的一球。要不是游擊手進銘腳程很快，最後追上那名盜壘的跑者，也許一個陰錯陽差，或是時間掌握不好，都很有可能讓三壘上跑者先回來得分，而後才形成三人出局。

對於開明國小這種冒險的雙盜壘戰術，倒讓我大開眼界。照理說一人出局一、三壘有人才是執行這項戰術的大好時機。但開明國小反其道而行，在兩人出局，一壘上又是腳程很慢的跑者，出其不意使出這種雙盜壘戰術，我想不僅是我，連徐總應該也料想不到這種奇策，還差一點真的讓他們得逞。

如此驚險的觸殺，我想也只能說幸運之神是站在我們這邊。要是他們真的成功藉著這個雙盜壘追平分數，我想事後平面媒體一定會大大讚揚開明國小教練的靈活頭腦。不過「成者為王，敗者為寇」，至少現在算是成功阻擋了這波失分危機。從他們的搶分戰術看來，也可以知道他們對自己的打線比較沒有信心，或許也可說是俊龍對他們造成了莫大的壓力。畢竟開明國小向來是以投手聞名，打線上並不是非常出色，先前的比賽都是以低比分完封獲勝。

相較於我對場上戰況的持續關注，甚至偶有激情大喊，徐總反而一直相當沉穩，只是靜靜坐著冷眼觀看，和我這種新手教練可以說是天壤之別。

三局下半，開明國小第一名上場的打者就擊出一壘安打，回想起二局下半的緊張局勢，要是開明國小沒有下達雙盜壘戰術，也許在那局就會出現失分的狀況。不過這種擔憂也只是傭人自擾，棒球場上沒有「如果」的存在，任何結果都無法在事後一一分析出切確歸因，這也是棒球的迷人之處。所幸俊龍在隊友的配合下，還是成功以雙殺化解開明國小的進攻機會。

接下來幾局，完全都是投手戰的演出，開明國小更在四局以後換上了王牌投手，讓我方打者一籌莫展，沒有再擊出任何安打，並頻頻吃下三振。而俊龍在後面兩個半局，也是成功讓對手三上三下，不過卻可以明顯察覺俊龍球威逐漸下滑，體力恐怕已經有些不足。

整場比賽進入到最後的六局下半，青苑少棒隊仍然以第一局搶下的那一分，持續領先開明少棒隊。如果能夠守住這局，青苑國小便能拿到創隊以來第一座冠軍獎盃，讓在場所有選手與場邊的家長們全都屏息以待。

在俊龍上場前，我還特別詢問過他的狀況，他表示體力上還可以負荷。雖然他嘴上這樣說著，不過上一局的投球內容，就可以明顯感受到體力下滑。隊上還有其他投手可用，但除了俊龍狀況比較穩定以外，其餘投手能不能像俊龍這般扛下大局，也讓我多少有些疑慮。即使如此，我還是指示幾名後援投手開始在場邊熱身。

最後的六局下半，首先上場的是第三棒打者，第一球就擊出遊擊方向強勁滾地球，聽到清脆的鋁棒聲響，直覺認為會是一支穿越安打，畢竟要接到這種強度的滾地球，對小選手來說，還是有一定的困難程度。沒想到肩負隊長重任的游擊手進銘，在打者上場前，就已經依照捕手指示，根據打者習性，往三壘方向移了幾步。

雖然如此，在球迅速彈出的同時，進銘所站位置，還是距離接球點有著幾步距離。反射神經一向不錯的進銘，賣力往三壘方向撲了過去，僅差半顆球的深度，這球就會打穿進銘手套形成安打。進銘將球驚險攔下以後，迅速起身傳往一壘，完成一個精彩的守備演出。一壘手在接到球的那一瞬間，難以掩飾興奮之情，還刻意將手套「頓」了一下，讓我看得不由自主從休息區站出來拍手叫好。不僅是我，場邊觀眾也為進銘這美技傳接大聲喝采，在青苑少棒隊後援區的薇芳，更揮舞著手中的相機，並向我比了一個「ＯＫ」的手勢，想必她已經捕捉到剛才那個精彩守備。

不過這球相當強勁，也算是一種警訊，雖然還差兩個出局數，就可以拿下冠軍，但比賽還沒結束前，絕對不能掉以輕心。也許國倫也察覺這項訊息，向裁判喊了個暫停，跑向投手丘與俊龍溝通了幾句。

下一棒又輪到開明國小第四棒，這名強打今天的棒子十分火熱，上一輪打擊還從俊龍手中敲出深遠的二壘安打。俊龍慎重地看了捕手的配球暗號，向打者奮力投出邊邊角角的快速球，想不到這名打者狀況真的很好，硬將這個偏低的速球撈到外野方向，而且飛行速度相當強勁。左外野手拚命往後退，但球的速度還是快上許多。眼看就要形成一支全壘打，還好球在全壘打網前落了下來，左外野手接到後，直接往三壘傳去。打者通過一壘，直接奔向二壘，見到左外野手的回傳球後，才在二壘壘包停了下來，又是一支深遠的二壘安打。

看到這種情況，我喊出暫停，走向投手丘，將所有內野選手招集過來。

我很清楚在對方王牌投手的壓制下，我們很難再拿下任何分數，況且以俊龍體力來說，我們絕對沒有打延長賽的本錢，無論如何都必須守住這局結束比賽。

「大家不要慌，已經一人出局，就算壘上跑者回去得分，我們還是有延長賽可以打，千萬不要自亂陣腳，開明國小的打擊不是很強，一定能夠成功封鎖。」

我不想給他們壓力，所以沒有下達一分也不能失的因應對策。我曾經聽過在大聯盟裡，有比較不拘泥小節的教練，上場安撫投手情緒時，只說了：「比賽後我們就去某家好吃的料理慶祝一番」，便重回休息區。也許這樣的安撫效果會比我這種傳統的鼓勵言語還要有用吧？不過我還是選擇了最保守的方式。

「教練，我還可以——」俊龍頻頻擦拭額上的汗水，雙眼依舊相當銳利。

儘管他這麼說著，我還是很擔心他的體力狀況，畢竟投球內容已經沒有前幾局那麼威猛。

看到我沉默了一下，俊龍又再開口：「教練，我想贏球，現在把我換下去，我會很不甘心。我答應過振益，會帶領大家還有徐總一起去韓國比賽！拜託再給我一次機會，如果再被擊出安打，我願意承擔這個責任。」

聽到俊龍這段話，一點也不像一個小選手會說出的內容。也許張傳隆的意外事件，還有上次與徐總發生爭執，俊龍和心情大受影響的振益並不相同，反讓他心理素質有所成長。我很佩服小小年紀的他，就有這種面對困難的氣魄，我原本確實是有打算換上後援投手，但他的這種決心，也讓我決定再把他留在場上繼續與打者對決。

暫停過後，開明國小換上代打，不過俊龍似乎又恢復手感，一下就搶下了兩個好球。下一球打者被變化球調中，擊出游擊方向內野滾地，游擊手進銘看了看二壘上的跑者不敢前進，便將球穩穩傳向一壘，刺殺了這名代打，形成了兩人出局。

就差一個人次了！

——我想在場所有的青苑少棒隊隊員，以及支持我們的現場觀眾，此刻心裡應該都和我想的一樣。

原以為俊龍應該可以輕易解決下一名打者，好讓比賽就此結束，但沒想到第一球剛投出，就被打者擊出三、游間強勁的滾地安打。球的噴射非常迅速，如果剛才沒有注意場上狀況，一定一下就失去球的蹤影。原先還在打擊區的打者，在球擊出的那一瞬間，就已經躬著身體衝向一壘，腳程比想像中還要快上許多。看到這種情形，我心中直喊「完蛋」，開始有些後悔剛才沒將俊龍換下。二壘上的跑者繞過三壘，遵照指導教練的指示直奔本壘。左外野手接到球後，很快就反射性地長傳本壘。

也許開明國小的指導教練沒想到我方左外野手守備動作這麼流暢，冒險讓跑者直奔本壘，但看到球回傳以後，又將跑者阻擋下來，但一切為時已晚，球已經傳回捕手手套，讓停在本壘和三壘間的這名跑者形成夾殺局面。

最後的夾殺相當熱血沸騰，所有在休息區的選手，早已按捺不住，全都跑到場邊雙手握拳大喊：「青苑加油！」

一旁的加油團也都站了起來，準備迎接勝利的一刻。

開明國小這位跑者不願輕易放棄，拚命做著垂死掙扎，但還是敵不過捕手、三壘手與投手的輪流追捕，最後由投手俊龍親自觸殺了最後一個出局數，比賽總算宣告結束，所有選手全都衝向紅土區，團團圍在一起，慶賀這歷經千辛萬苦的冠軍獎盃。

一些小選手們更激動地哭了起來，讓我也深深感染了這個動人的氛圍。

看到這種場面，不禁讓我想起一些自己以往比賽的感動畫面，讓我眼眶也跟著紅了起來。而一旁的徐總更激動地全身顫抖，露出難得的歡愉笑容。

我們做到了！我們真的做到了！

不顧身為教練應有的形象，我也跟著這些小選手們跑到場內，向他們擊掌慶賀。興奮之下，球員們全都團團擁抱跳了起來，究竟是誰抱誰也已經分不清楚，其間還因為空間過小不斷互相踩腳，這種感覺平常也許很痛，但在那時反而只有一種說不出的爽快滋味！

——這一刻，我們等很久了！

好久、好久，真的好久沒有再嚐過這種勝利的感動了！

然而不知道是不是我太多心，在我望向開明國小休息區時，發現他們教練心情相當平靜，只是抬頭凝視看台上的觀眾，沒有惋惜、沒有遺憾，看起來反而像是鬆了一口氣的感覺。

◎七局下半　不死三振

看到報上登出青苑國小奪下冠軍的捷報，我想弟弟一定也非常高興。簽賭案爆發之後，到底過了幾年，由於我已經過得不見天日，根本不會再去注意。為了自己從沒作過的事而去贖罪，真不知道自己是不是病了。

不知道弟弟過得怎樣，也不知道父母親的狀況如何，已經很久沒有跟他們聯絡，也僅能從一些小道消息得知弟弟的近況。這幾年過得相當封閉，算是一種隱姓埋名的低調生活，所有的媒體訪問一律回絕，大概除了女記者薇芳以外。

想起前陣子在球場邊相識時，她那活潑個性真的深深吸引了我。經過幾次訪談後，也漸漸熟識，後來才從她口中得知，她是經由弟弟介紹，再透過他們媒體圈強大的情蒐能力，才知道我現在的行蹤。

當年事發後，我換了手機號碼，家人一直都不知道我後來身在何處，可能只知道我在基層棒球擔任助理教練。大哥的死，真的讓我們之間出現了難以跨越的隔閡，也讓我完全不知道該怎麼面對他們。我不知道過了這麼多年，弟弟是不是還像當初那般恨我，如果他願意引介薇芳給我認識，是否代表他願意原諒我呢？

第一次和薇芳見面時，手中就拿著我以前的職棒球員卡，這真讓我驚訝不已，同時又有股淡淡的哀傷。但也因為那張她所珍藏的職棒球員卡，才讓我破例接受媒體訪談。她表示從以前就一直是我的死忠球迷，在我加入職棒第一年的總冠軍賽，她就被我優異的表現深深感動，即使第七場比賽出現了致命的再見失誤，她還是覺得我膽識過人，調中打者擊出內野滾地，只可惜守備上出現失誤。她還給我看了一本剪報簿，裡面滿滿都是我的體育新聞。

看到她這種舉動，讓我想起以前也曾經非常崇拜過徐總，所以也做過同樣的事，不過後來和徐總接觸後，對於他的一些舉動倒是大失所望。想想自己也好不到哪去，一定因為簽賭的事讓多少球迷傷心難過，只是我真的沒有做過任何可恥的事，卻又要背負這種罪名，讓我這幾年來一直在眾人面前抬不起頭，就連走在路上，都會有種被人指指點點的錯覺。但薇芳的出現，卻讓我第一次了解到，原來還是有球迷願意相信我的清白，讓我聽了真的非常感動。

前些日子薇芳在一次訪談中，透露他們報社有規劃舉辦一場ＯＢ賽，將邀請過去的許多退役選手參賽，當然包括多位當初因為不明原因離開職棒的球員，甚至還有一些因簽賭案受到判刑的選手，也可能會出現在邀請名單。那時我還沒有多想什麼，只覺得非常有趣，又不好意思拒絕薇芳的熱情邀約，便答應參加這場友誼賽。

隨著日子一天天過去，已經逐漸淡忘這件事，想不到在薇芳一通電話的提醒後，又讓我開始莫名緊張起來。這個週末就要比賽，已經很久沒有在眾人面前亮相，讓我感到渾身不對勁。球迷原諒我了嗎？究竟還有多少人相信我的清白？搞不好他們已經忘記當年以速球大殺四方的「火球阿山」了。

比賽辦在台北天母球場，在一個宜人的週六夜晚，我又再次踏入這睽違以久的遙遠記憶。現場的球迷比我想像還要多出許多，一些退役或是被迫離開職棒的球員海報，又再次出現在觀眾台上。我仔細搜尋四周，就是沒看到「阿山」兩字。最後總算在本壘後方的一小角，看到穿著我球迷衣的幾名觀眾，其中一個最耀眼的人，便是薇芳。

然而她身旁坐著那名同樣穿著球迷衣的男子，卻讓我相當驚訝。他不是別人，正是我那多年不曾再有聯絡的弟弟。弟弟和薇芳的交情應該相當不錯，這點我從前幾次的訪談就能得知，因為她總是在交談間，一再提起弟弟的近況。薇芳的到場加油並不讓我意外，但我不知道弟弟也會一同前來，更何況還穿著我的球迷衣替我加油。

——這一切太不真實，就像個隨時都會驚醒的虛幻夢境。

比賽還沒開始，現場已被熱情球迷的加油聲炒熱氣氛。當播報員一一唱名時，我聽到同隊隊友竟然出現「林泰謙」三個字，真讓我嚇了一跳。在我們同隊的休息區內四處搜尋，卻沒有看見那熟悉的身影，不禁懷疑自己是不是聽錯了。

能參與這次盛事，最後的勝負其實並不重要。重要的是，我們這些棄將與退役球員，終於又可以在球迷面前再次展現球技，那種感動真是難以言喻。

球賽的前半段，因為還不用上場，所以不太注意場上狀況，心思早已飄向看台上的弟弟那邊。

他真的原諒我了嗎？

看著他與薇芳有說有笑，突然冒出某種想法，心裡竟變得有些難受，難道這不該是自己樂見的結果嗎？雖然薇芳是我的死忠球迷，但從一些交談中可以明顯感受她很在意弟弟，見到兩人的現場互動，不禁讓我懷疑弟弟只是因為被薇芳強邀才勉強到場，恐怕並非真心想來看我。一想到此，內心總有種說不出的苦悶。

比賽前半段結束後，兩隊以五比五戰成平手。許多退役球員，身手仍然相當矯健，雖然體力已經大不如前，但對球的反應還是非常靈敏，甚至一些退役投手的球速還能到達一百三十公里，真讓我這位後輩有些慚愧。

直到比賽後半段，我才接到領隊教練的指示，希望我在八局登場救援，不過這種比賽本來就是表演性質，幾乎人人都會上場，但讓我意外的卻是，和我搭配的捕手竟然是多年未見的林泰謙。

泰謙在前半場臨時有事，所以並沒有與我們一同參加開幕，到了大約五局的時候，才在球場現身。職棒第二次簽賭案爆發後，我再也沒有與他有過任何接觸，甚至可說是出於我個人意願，讓我不願再與他有任何交集，現在卻因為ＯＢ賽的使然，讓我們又再次相聚，而且還是以投捕搭檔正式登場。

從以前到現在，我們倆還未曾在職棒的正式場合搭配過，以往多希望能有這麼一天，但現在卻又是在這種尷尬的情況下達成願望。我無法原諒泰謙當年害我扯入簽賭風波，而後斷送我整個棒球人生。但領隊教練的一句話，卻讓我改變了想法，踏出了難以起腳的第一步。他說：「好好玩吧，任何人都會有自己的苦衷，不要在意過去發生什麼事，今天一定要痛痛快快回味一下棒球的滋味！」

即使如此，我還是和泰謙沒有任何交談，在場邊默默練起投球。直到八局上半播報員念出選手更換名單，當叫到我與泰謙的名字後，場邊球迷響起如雷的掌聲，讓我與泰謙不約而同露出了靦腆的微笑。

一個好的球員不該受到場外球迷喝采與播音員的影響，即使之前已經擁有豐富的職棒經驗，早就對於那些鼓噪習以為常，但這種久違的吶喊，卻挑起了我們內心深處的震盪漣漪。

「阿山！阿山！阿山！阿山！」

本壘後方看台處，在薇芳與弟弟的帶動下，球迷們開始喊起我的名字。

看著四周球迷的搖旗吶喊，還有腳下再熟悉不過的紅土味道，讓我恍如置身夢境，一個以為不可能再出現的遙遠國度。

第一名打者，換上退役的全壘打王代打，球都還沒投出，緊張的情緒就已讓我滿身是汗。看到我情況有些不對，泰謙竟然打出一個只有我們兩人之間才知道的打氣暗號，讓我不禁會心一笑。泰謙接下來的暗號相當簡單，就是快速直球，過了那麼多年，他竟然還這麼相信我的控球。

我知道這種表演賽不管投得如何，大概最多都只能投一局，所以我相當珍惜能投的每一球。

面對第一名打者，第一球就投進泰謙要的位置，是一球削進好球帶的快速直球。這球手感還算不錯，聽到場邊球迷驚呼連連，不禁讓我回頭望向計分板，上面顯示時速一百四十公里。

沒想到過了那麼多年，我還能有那麼快的速度，讓我信心大增。接下來兩球，還是同樣位置的速球，打者就這樣眼睜睜被我三球三振。第二名打者又是同樣的配球，先是擊出兩球擦棒界外，接著又是一球削過好球帶的速球，球速還高達一百四十五公里。

看到我優異的表現和接連兩K的速球震撼，本壘後方的阿山後援區又開始鼓動。

「阿山！阿山！阿山！阿山！阿山！」

一開始只有本壘後方，緊接著迅速向兩側擴散，後來變得全場球迷都一齊喊著我的名字。

簽賭案發生後，這一生努力了那麼多年，最後卻還是一無所有。是為了洩憤，還是為了報答球迷不變的熱忱，我感到渾身充滿幹勁，握住球的左臂彷彿正在燃燒，一股蘊藏多年的力量將如山洪般爆發出來。

從左側看台掃向右側看台，球迷們動作一致，熱情揮舞五顏六色的加油棒，口中大聲呼喊我的名字。幾年前，球迷對我大失所望，時隔多年終於再次置身於夢境般的聖殿，就算此生只剩下這場比賽可以呈現，就算手臂因為施力過度而受傷、殘廢，我也要讓這些還支持、相信我的球迷，好好看看我每一個奮力的投球動作。

場邊震耳的呼喊還是持續響起，而本壘板後方泰謙打著暗號的右手，逐漸在我視線中模糊起來。

「阿山！阿山！阿山！阿山！」

這種場面已經是多久以前的回憶，甚至從以前到現在都還沒有這麼感動過。在場的球迷雖然無法和當年總冠軍賽的滿場球迷相提並論，但這種全場一致的呼喊，卻是從來沒有過的經驗。

斗大的汗水不斷從眉間落下，已經分不清究竟是汗水還是淚水，不願意讓這種難堪的表情被旁人看到，我將帽緣壓得更低。迅速投了兩球以後，都是好球進壘，全場球迷興奮不已，好似全都瞬間成了我的球迷，一同大喊：「三振他！三振他！」

第三球我卯盡所有力氣，就像將多年的怨氣化為這顆速球拋向前方，是一記偏高的壞球，不過打者已經被這球速混淆，揮了一個大空棒，讓我興奮地作出拉弓的勝利姿勢，同時還「喝」的一聲怒吼起來。

或許明天報紙又會有什麼「醜人愛作怪」的反諷字詞，但這一切現在對我來說，又算得了什麼？果真如此的話，我只想以一句簡單的話作為回應，那就是：「干我屁事！」

回頭看到記分板上顯示一百四十七公里，全場球迷更是樂不可支，也許已經很久沒有在職棒界看到球速那麼快的左投了。

一直以為受傷以後，讓我實力大為減弱，但經過這幾年的休息，還有擔任助理教練的持續自我訓練，原來我的實力還是足以讓我在職棒界繼續生存，如果我還能再打職棒的話——

——想到這裡，更讓我悲慟不已。

三人出局攻守交替，我和泰謙在這場比賽的任務算是圓滿完成，九球三振了三名打者，這種輝煌的紀錄應該是以前從未見過，硬要說的話，大概也只有國小「紙棒」時代的那場關鍵比賽足以媲美。

下場前我和泰謙一同在所有球迷面前鞠躬致意，全場球迷再次響起如雷的掌聲，又開始喊起我的名字。我想起那年總冠軍賽因為再見失誤，賽後向所有球迷鞠躬致歉的情景。我再也強忍不住淚水，只能任由它們奔向紅土，但不同的是，這一次流下的是感動的淚水，不像那一次充滿著悔恨。

我與泰謙勾肩搭背一起走回休息區，我發現他的眼眶也紅了，只是在故作鎮定強忍淚水。被逐出職棒界那麼多年，我想他應該和我一樣非常想念棒球場上的每一項事物，畢竟也已投入數十年的真摯感情。

投手丘、本壘板、止滑粉、捕手手套，這些東西都充滿著我們的共同回憶，要不是發生簽賭那件事，我想我和泰謙到現在一定都還是非常要好的摯友。以往發生爭執時，最後都以投捕搭檔化解彼此內心的疙瘩，這次雖然只有短短九球，卻讓我們兩人內心激盪不已，多年來的仇恨一下就藉著這段完美搭配化為烏有。

回到休息區後，我終於露出笑容對他開口：「嗨，好久不見，夥伴！」泰謙一開始有些遲疑，僅是擺出笑臉跟著回答：「嗨——」，但我們之間一下就藉由彼此笑容熱絡起來，開始聊起這幾年的生活，不過兩人始終技巧性避開簽賭事件與大哥之死。

雖然最後比賽結果，我方以七比六敗給了對手，但這一切真的已經不是那麼重要了。這場比賽的價值在於讓我重新拾回棒球場上的感動與那份重要的友情。

我原諒他了嗎？我真的這麼輕易就原諒他了嗎？

雖然我內心深處不停這樣質疑自己，但在這個愉快的夜晚裡，我真的不願多想什麼，只想好好重聚這失散多年的友情。也許明天一覺醒來就會反悔今晚的舉動，但受到ＯＢ賽溫馨懷舊氣氛的感染下，我真的不願意輕易破壞這份消失已久的自在感。

賽後我們兩人獨自前往球場附近的居酒屋飲酒，為的就是重溫學生時代常幹的自我犒賞。以往在寒、暑訓結束的夜晚，兩人為了擺脫一整天的疲憊身心，都會去買啤酒來犒賞自己，不管是一同看著職棒轉播也好，或是一起漫無目的談天說笑，那都是一種極大的享受。

距離這種回憶，到底過了多久，我已經不清楚了。我所知道的也只有現在身邊的泰謙，頭上已經多出許多白髮，我們兩人已不再年輕。看著他拿給我一張相片，突然發現他的兒子也已經長得那麼大，這才驚覺歲月的匆匆流逝。相片上還有泰謙剛剛寫下的親筆簽名，我大概知道他為什麼會這麼做，也想起我曾經說過一直都是他球迷的這句話，不禁讓我發出會心一笑。

人非聖賢，孰能無過？難道我就不能原諒他嗎？但即使我就這樣原諒了他，家人又會原諒我嗎？

我回想起先前OB賽剛結束時，薇芳從觀眾看台把我叫住，拿出她珍藏的職棒球員卡，直接從看台邊緣往下遞給了還在球場的我，並難掩興奮說著：「簽名、簽名！我以前都會去比賽現場，當喜歡的球員有優異表現的時候，就會這樣把球員卡遞給他簽名。本來以為日子還長得很，以後機會多得是，只可惜後來發生了那件事。今天我終於如願以償，所以這位英雄，一定要幫我簽名！」

儘管薇芳說得眉開眼笑，不過弟弟始終遠遠躲在看台的更後方，像是刻意對我作出迴避，讓我心裡非常難受。他之前賣力為我加油的神情，我在球場上看得一清二楚，難道是我看錯了嗎？也許他還是不能那麼輕易就原諒我的過錯，但是我當年真的做錯了什麼事嗎？

我將泰謙給我的這張相片收好，由於泰謙過往在職棒中幾乎沒什麼上場機會，也從來沒有個人專屬的球員卡，印象中似乎也不曾看到球迷跟他要過簽名或是要求合照。即使他沒有明講，我也知道他的這個舉動是想和賽後的薇芳相為呼應。倘若如此，我想這也是泰謙對於自己終生不得志的一種自解自嘲。

之後我和泰謙只是繼續聊著無關緊要的事情。就在泰謙喝了幾瓶酒後，開始出現醉茫茫的表情，自言自語說起一些我不是很懂的話語。雖然我也喝了很多，但這幾年常常藉酒澆愁，已經讓我酒量到達千杯不醉的地步。

「阿山，我對不起你——」泰謙竟然哭了起來。「原諒我好嗎？我不是故意拖你下水的——」

見到泰謙有些傾倒，我伸手扶住他搖搖欲墜的身體。

他又繼續說著：「我只是想幫你，我覺得球團對我們真的太不好了！總有一天一定會把我們都掃出職棒圈，我們除了棒球以外，真的一無所有。在這種球團動不動就威脅解散、解約的動盪中，不趁機多撈幾筆，以後一定會窮愁潦倒，我們應該已經看過很多前車之鑑。在你之前，我和張教練已經吸收很多人進行簽賭，我那時看你在隊上的地位逐漸動搖，才想這樣幫你，想不到最後卻反而害了你。」

這下我才聽懂他前一句的道歉，指的是放水簽賭那件事，由於他從未針對這件事提出解釋，倒引起我的好奇心，所以沒有阻止他繼續說下去。

喝了一杯酒後，他又開口：「你知道你當年對徐總作出『報復言論』讓他丟了工作，把他害得多慘嗎？他變得生活顛沛流離，也沒有名校敢再錄用他作為隊上的指導教練。要不是後來他遇到張教練，接濟他的生活，我想他可能早就餓死在不知名的角落了！」

泰謙眼神已經變得十分渙散，隨時都有醉倒的可能。

他說得這些都是真的嗎？想不到我小小的訪談與媒體的加油添醋，卻讓徐總出現這樣悲慘的下場，這絕對不是我所樂見的結果。

「你知道嗎？當年的簽賭，徐總也有一份——不只是球員，還有更多尚未浮出檯面或是表面上道貌岸然的人物，牽扯層面過於複雜，相關單位更是連動都不敢動——」

話還沒說完，泰謙突然倒了下去，並開始呼呼大睡。

我不敢相信自己的耳朵，泰謙說的都是實話嗎？我真的不敢相信。

◎八局上半　代打

令人感動的ＯＢ賽結束以後，我還是無法跨出第一步，不僅如此，也始終無法完全忽視對於薇芳的特別感覺。

這陣子頻繁來往下來，真讓我對她有些日久生情。她那活潑的個性，真的是我所欣賞的特質，就像在我這灘死水之中，注入了一股活力，也讓這片早已平靜無波的池水，又開始蕩漾起來。但我總認為她所喜歡的類型可能是另一個人，尤其是他們兩人在ＯＢ賽現場交談時，我遠遠就看到薇芳那雙閃耀的大眼與開懷的笑容，那種真情流露，任誰看了都能明白。

更何況以我這種長相與身分，完全配不上像薇芳這樣的好女孩，想來不過都是我的自作多情，也只能努力壓抑這份根本不該存在的愛慕之情。

想想也可能是自己長年過於孤獨，才會錯把薇芳對每個人都會有的熱情，誤當作是兩人之間的獨特友情，但我這種內向又彆扭的個性，確實就是讓我多年來始終沒有異性緣的最大原因。

不管如何，在薇芳的勸誘之下，前去天母球場一同參與了這場精采的ＯＢ賽，然而最後在薇芳刻意的穿針引線中，我卻還是無法跨越固有界線，只能停滯在原諒與痛恨之間繼續掙扎。

姑且拋開這些不說，青苑少棒隊拿下總冠軍的喜悅，還是讓我高興不已，總算彌補了我在職棒上的缺憾，尤其是在比賽宣告獲勝時，選手們衝進場內的那一刻，依舊深深烙印在我腦海深處。

但比賽結束後，徐總突然又變得相當不適，甚至還住進了醫院，我本來還有很多帶隊的事情想要詢問，卻也不得不暫時擱置。奪得冠軍後，青苑少棒隊取得代表台灣的出賽資格，將在賽後兩週前往韓國首爾，進行最後的國際決賽。

擊敗開明國小的當晚，我特地為小選手們舉辦慶功宴，徐總因為身體不適並沒有出席，讓大家都覺得非常可惜。努力了那麼久，大家終於還是得到了豐美的收穫，至少在即將畢業的六年級生中，已經留下了一段刻骨銘心的感動回憶。席間我向大家宣布徐總即將退休的消息，讓他們突然斂起笑容，反而有些感傷起來。

儘管徐總一直以嚴厲作風聞名，讓大家總是怨聲載道，但他在指導學生球技上還是有其專業，讓小選手們也不得不心服口服。

雖然慶功宴的餐廳並沒有非常豪華，不過大家還是吃得相當盡興。這種大戰以後的席宴，不管最後戰績如何，都會讓人心曠神怡，畢竟所有的一切都已過去，也曾經為此付出過最大的努力，至少不會留下悔恨。看著這些小選手們天真無邪的笑臉，真讓我感到相當慚愧。這種毫無保留的和樂場景，隨著年紀增長，真的愈來愈少，我想這應該就是一種純真的可貴。

隊長進銘在慶功宴中，代表所有選手發表感言，除了感謝大家配合練習與比賽之外，還有我的辛苦指導，更還有徐總這幾年來為青苑少棒隊所作出的無悔付出。他們還對這次能夠拿下總冠軍表示非常開心，並讓他們獲得不少成長。這一路艱辛的長征，讓他們更了解互相的重要，還有隊友間的互相體諒。最重要的是，這一連串的賽事，讓他們整支隊伍更加緊密結合，向心力早已不可同日而語。不過大家對此並不滿足，希望能在兩週後的國際賽中繼續擊敗強敵，取得亞洲冠軍，作為送給徐總退休的紀念禮物。

俊龍更以即將畢業的學長身分，以親身經驗告訴往後的學弟，良性競爭非常重要，看到隊友的優異表現，難免會有眼紅嫉妒的時候，但要記住大家都是一起打拼的好兄弟。他還表示他和振益已經成為非常要好的朋友，希望以後能一起朝職棒之路繼續努力。而振益則非常感謝這段日子俊龍給予他的鼓勵，也會努力調適好自己的狀況，好能在韓國比賽時，充分發揮原有的水準。

儘管振益這麼說著，不過我還是非常擔心，不知道他是否能在國際決賽前，走出張傳隆球擊意外的陰霾。

短暫休息幾天後，青苑少棒隊又恢復例行練習，雖然大家還沉浸在拿下台灣區冠軍的喜悅，但畢竟披上代表台灣的戰袍，就是極度沉重的責任，讓我們也不敢怠於練習。振益的練習狀況，雖然有些好轉，長打的頻率已有所提升，但畢竟接下來就是最重要的國際賽事，還是希望他能夠調整好自己的打擊狀況。

而這幾天徐總雖然已經出院回家休養，不過面容看起來更為憔悴，我很擔心他的身體狀況，是否能跟著我們一同前往首爾進行決賽。雖然徐總已經說過，這次的台灣少棒代表賽，將全權交由我來帶領，所有場上的戰術應用，也將全部由我負責。但不管怎麼說，我還是非常希望能有徐總在場，讓他親眼看看小選手們的奮戰歷程。

就算徐總完全不插手比賽過程，至少有他陪伴還是會帶給我極大的安定感。雖然說我們這些作教練的，並不像選手需要上場比賽，但若遇到瞬息萬變的場上狀況，尤其是需要在因應對策下賭注時，還是會變得緊張兮兮，只是不能在選手面前表現出來。

就在出國比賽前的某個晚上，徐總把我叫去他那間狹窄的舊校舍，說要交代一些事情。舊校舍的擺設與上次見到的模樣，並沒有出現太大的改變，唯一最大的不同，就是徐總的氣色，已經沒有上次那麼好了。

「這份聘書，你自己收好吧——」

我小心翼翼從徐總顫抖的右手中，接過青苑少棒隊的教練聘書。雖然只是薄薄的一張紙，卻讓我感到格外沉重。在外遊蕩了那麼多年，脫離棒球後，一直只是四處打著零工，根本找不到固定的工作，如今藉著徐總向校方推薦，終於讓我成為正職的臨時人員。雖然這份薪水並不是很高，但至少比現在這種只有車馬費的助理教練要好上許多。

儘管這一直是我投入基層棒球後，所渴望得到的一張紙，但卻來得那麼突然，以至於讓我根本還沒做好心理準備。

原以為徐總上次說的帶完比賽，是包括之後的國際賽，想不到他卻堅持要在這段期間就先交棒給我，讓我也非常不解，為何需要如此急促。

徐總之後又和我聊了很多帶隊心得，他認為身為總教練和助理教練最大的不同，就是總教練需要扛下戰績的所有責任。他知道我很愛這群小選手，所以一直對他們非常不錯，但棒球隊伍還是需要團隊紀律，過分的溺愛是無法將隊伍帶好。

尤其是帶領國小隊伍，選手們很多價值觀和自律性都還在建立，還是比較適合半軍事化的帶隊方式。過去徐總在棒球名校擔任教練時，因為校方給予很大的壓力，非常注重戰績，因此才會採取精兵政策。但像青苑國小這種新創立的球隊，在還沒有打出名聲之前，要盡可能招收各種球員，也許有機會還能挖到意想不到的寶物。

這次拿下台灣區冠軍的佳績，便可以作為往後招收新生的一大籌碼，若是之後的國際賽事又能打出亮眼成績，那是最好不過了。而徐總更言明，我以後還要學習一些與校方交涉的應對進退，盡可能替這些選手們多爭取一些福利。

這段話真讓我想法有了不少轉變，以往總認為過去自己的學生時期，受到那種高壓統治的帶隊方式是錯誤的，已經不適合現在的民主時代。但徐總說得沒錯，「民主」追求的是「效能」，而「高壓」則代表著「效率」。

這一年來雖然花了很多時間和選手們討論有哪些地方需要改進，不過大部分收到都是一些情緒上的抱怨。正如徐總所說，這些小學生在心智方面尚未發展成熟，對於許多事情的判斷力還是有些不足，也許花了很多時間與他們私下接觸，終於得出一些對球隊更好的帶領方式，但這樣卻有失「效率」，不如將時間、精力以及金錢花在更有意義的地方。

過去我對徐總在集訓時，會將選手們手機集中管理之事頗有微詞。這些刻苦的密集訓練，對小學生來說已經相當吃力，同時又要強迫集中住宿，難免都會有思念家人的情緒。不過經過這次談話，我才知道徐總這麼做，是怕選手們藉由手機與家人聯絡，很容易演變成訴苦的情景，這樣只會讓他們心裡更為難受。

這種體育的道路，本來就必須忍受一些異於常人的痛苦，愈是嚴格、愈是磨練，才能得到更為扎實的基礎與更為堅強的心理素質。

接下徐總的重任，我開始緊張起來，不斷自問真的能夠獨當一面嗎？但就算再怎麼慌張，也沒辦法改變任何事情，我針對所有隊上選手特質，開始做出詳細筆記。我透過薇芳的關係，向這次的主辦單位拿到了所有青苑少棒隊的比賽錄影。

仔細分析下來，振益在意外發生前後，其實打擊姿勢並沒有明顯走樣，而是他自己心裡狀態有所改變。我又把振益的眼神做了重複比對，不難發現原先那對銳利的雙眼，充滿了信心與霸氣，到後來卻變得相當空洞而缺乏自信。

後來又花了幾天時間觀看這些比賽錄影，卻讓我發現了驚人的疑點。

預賽中很多場比賽，對方的一些戰術，在事後回想起來，確實有些匪夷所思。而在比賽現場的對方看台上，竟然出現疑似林泰謙的身影。雖然這人刻意戴著帽子掩飾，但他臉上那顆明顯的痣，讓我更加確信自己的懷疑。循著這條線索，而後我更發現，許多比賽都曾出現過他的身影，更在其他幾場比賽中，發現張傳隆那張俊俏的臉龐，直接被攝影機清楚拍了下來。此外在總冠軍賽的影片中，也有看到林泰謙的身影，不時出現在看台上。

不是說他們不能來觀看這些棒球比賽，而是他們兩人的出現，與後來張傳隆死亡時手中的那疊千元鈔票，不禁讓我對這一連串的線索產生強烈的質疑與不好的聯想。

原本我帶領球隊的高昂鬥志，一瞬間就被這些可疑畫面完全澆熄。我瘋狂調閱所有比賽錄影，不再著重於場上選手，而是將焦點放在場邊觀眾，尤其是對方看台上的加油區。

在我仔細觀看最後那場總冠軍賽，二局下半對方那個冒險的雙盜壘戰術，事後看來並不像是奇招，比較像是讓一壘上腳程特慢的跑者前去送死；而最後六局下半的再見夾殺，前幾棒就已經見識過我方左外野手的強肩臂力，最後一個打席那支強勁三、游間滾地安打，一下就進了左外野手手套。

依據常理判斷，對方教練應該會將二壘上的跑者阻擋在三壘，但卻下了一個繼續前進本壘的冒險指示。原本若照戰術衝回本壘，雖然時間點看起來應該會遭到觸殺，卻還是可以用衝撞方式和我方捕手力拼最後機會，但指導教練卻在半路將跑者攔住，這下篤定形成夾殺局面。

再把各隊對上我們的先發名單，和他們其他場次做過比較，不難發現當他們對上其他弱隊時，雖然會夾雜一些二線球員，但比例上並不會像遇到我們時那麼誇張。如果說在預賽時，因為對上我們這種新隊伍而完全不放在心上，所以全用二線球員應戰，那還算說得過去，但在晉級複賽後，這些隊伍的先發名單與戰術的草率應用，都讓人不得不質疑人為操縱的可能性。

總冠軍賽結束後，開明國小教練所凝視的方向，經過多重比對後，應該就是疑似林泰謙所坐的位置，可以猜測兩人之間或許真有暗通款曲。

我實在不願繼續往這種方向思考下去，但看過更多比賽錄影，卻只是讓我更加相信自己的想法。張傳隆與林泰謙的簽賭前科，不禁令人強烈懷疑，他們在多年後又開始重操舊業，並將魔掌伸入少棒。

不同於以往簽賭手法，他們不是遊說某支球隊在比賽中放水，而是設法說服所有與青苑少棒隊交手的球隊教練，試圖以出賽名單與戰術操控來影響比賽結果。

沒有以小選手作為操弄對象，我想是因為小孩子個性比較直率，可能會在無意間供出幕後黑手。而教練在少棒隊中非常具有權威，一般選手並不會也不敢質疑教練的任何戰術，這種由教練操控比賽的陰謀，很容易就能掩飾過去而不受質疑。況且一般少棒隊教練在經濟上通常也不是很寬裕，很多還是在職棒界不得善終的抑鬱人士，要以金錢加以利誘，或許也不是那麼困難的事。

更何況這次的比賽，雖然名義上屬於國際性質，但由於這幾年才剛起步，再加上又非官方賽事，審查上也就不會那麼嚴格，更可能讓很多人願意鋌而走險，加入這淌混水。

會選上青苑少棒隊作為最終奪冠目標，不難想像就是看中我們隊伍的高簽賭賠率。這種名不見經傳，前幾屆又在首輪就以大比分淘汰的隊伍，一定完全不被看好。但若在最後奪得冠軍，這種大爆冷門的比賽結果，一定會讓當初押下我們的人大賺一筆。

想到這裡，我的心如刀割，這一切推論真的正確嗎？

那天以後，我再也無法安眠。一直以為我們青苑少棒隊，在我以助理教練身分加入後，幫助隊伍提升不少打擊能力，戰術上也多了一些變化，這樣一路闖關下來，實力真的變強不少，所以最後儘管歷經千辛萬苦，總算還是拿下台灣區冠軍。這一系列的勝利，一直讓我以為是能力的提升與運氣的眷顧。從落後到追平，平手到超前，始終都是那麼驚險卻又如此順利，讓我不斷沉溺於勝利的喜悅，從來沒有想過受到人為操縱的可能性。

儘管發現這種可能，我卻無法和任何人訴說。然而國際決賽將近，我還是得到青苑少棒球場，帶著小選手們繼續練習。只是我的心情已經完全籠罩在愁雲慘霧之中，無法坦然面對這些小朋友們的純真笑靨。要是他們知道這些結果或許不是真實的，真教他們情何以堪？

我無法原諒張傳隆和林泰謙那幫毒瘤，已經破壞過成棒，卻又不知悔改，甚至現在還將毒手伸向幼苗。

雖然張傳隆已經受到球擊意外的正義制裁，但林泰謙卻又繼續殘害整個基層棒球環境，如果沒有法律限制，我真的恨不得親手解決掉這種垃圾！

然而徐總和他們又是什麼關係？

想起那晚林泰謙與徐總所發生的激烈爭執，不禁讓我十分懷疑，他們之間究竟有著什麼樣的詭異關係。

看著投球練習區振臂高揮的俊龍，其額上不斷流下的汗水，還有打網練習區賣力揮棒的振益，那專注堅定的神情，以及守備區彎腰接球的進銘，那雙磨出不少刮痕的釘鞋，他們的努力，他們的求勝決心，以及他們邁向職棒之路的堅強意志，真的可以這樣輕易被人褻瀆嗎？我愈想愈氣，絕對不能原諒那些令人髮指的惡行。

突然間，球場上小選手們的這些動作，讓我閃過一種奇特的想法，或許可以對張傳隆的意外之死提出不同的解釋。

為了確認自己的推論是否無誤，即使知道現在還不是打擾徐總靜養的時候，但太多太多疑點一下湧上心頭，讓我無論如何都必需向徐總當面問個清楚。

◎八局下半　再見雙殺

事隔多年，在ＯＢ賽後總算和泰謙又有了接觸，對於他那晚在居酒屋所說的那番話，讓我非常耿耿於懷。我無法相信那麼嚴肅的徐總，竟然會參與簽賭弊案。也許當年我那些無心言論，真的讓他生活突然陷入困頓，在無可奈何之下，才會加入他們的騙局。但生活一向非常樸素的徐總，真的會受到金錢的利誘嗎？

為了查明真相與釐清疑點，對於幾年前的那件簽賭案，我還有很多疑點想要向他詢問，況且其中的關鍵人物張教練也已經意外身亡，現在能問的也只剩下另外兩名重要人物。原本也曾想過，乾脆直接找徐總問個明白，雖然知道他已經生病住院，也知道他醫院的位置，但或許就是我那猶豫不決的個性，讓我始終無法下定決心。

最後我還是只能向泰謙攤牌問個清楚，或許檢警藉此重新調查後，還有機會能讓我和弟弟重回職棒界打球。雖然這種希望微乎其微，但什麼都不做，就什麼也不會改變。更何況如果真不為弟弟做些什麼，真的不知道該怎麼對他跨出第一步。然而想要進一步再向泰謙調查過去的事，卻讓我非常過意不去，因為兩人之間始終對簽賭之事保持默契絕口不提，因而讓我遲遲無法開口。

但在ＯＢ賽後的某天，卻有了極大的轉變。原本我還拿不定主意是否要再和泰謙繼續接觸，他竟然主動向我聯絡，希望我能加入他的行列。

一開始我還聽不太懂，後來才想起之前兩人間的約定，大概是想邀我跟他一起在夜市擺攤。因為ＯＢ賽後的那晚閒聊中，我透露目前找不到什麼像樣的工作，只能四處打打零工，和在基層棒球兼任地下助理教練，生活有些困頓。泰謙聽了以後，只是垂下雙眼，神情突然變得相當難過，自責這一切都是他一手造成，一定會想辦法介紹好工作給我。那時候我以為他已經醉了，這句話並不是認真的，沒想到幾天後，他還真的打電話告訴我新工作的消息。

我聽說他在夜市賣著雞排，也許是想找我一同加盟開起分店。若是這樣的話，其實我倒還有些興趣一起合作，畢竟我們以前是那麼要好的投捕搭檔，能夠再續夥伴關係，我想也是一件很好的事。

經過這麼多年的沉思，事情已經有些遙遠，雖然我始終無法原諒他們的那些行徑，但很多事都只是當下的一時衝動，如果一直鑽牛角尖下去，事情永遠都不會結束，事後平心靜氣想想，都會覺得沒有必要作得那麼絕。更何況泰謙曾經是我這輩子相當重要，或更該說是最為重要的朋友。

這幾天由於和泰謙有了接觸，讓我開始回想起很多以前的往事，也使得我對家人的思念突然湧了上來。ＯＢ賽那天弟弟到場為我加油，雖然在賽後還是避不見面，但至少也算是一個好的開始。我很感謝薇芳當初不斷熱情邀約，才說服我參加了ＯＢ賽，雖然並沒有讓我和弟弟正式碰面，但至少也讓我又再次看到弟弟的開懷笑容。

那場比賽也讓我發現，要向當初無法原諒我的家人們踏出第一步，也許沒有我想像得那麼困難。畢竟幾天前泰謙鼓起勇氣向我致歉時，雖然我還是無法接受，但至少算是有了好的開始。那場重要的ＯＢ賽，給了我長久以來缺乏的勇氣，讓我決定要勇於面對自己的家人。

弟弟和我的個性雖然很像，但他的脾氣比我還要衝動，過去的學生時代，更帶頭在球場上和其他人打起群架。他的個性平常雖然相當安靜，一旦生氣起來卻要比我硬上許多，而且十分痛恨簽賭放水這種既不光明又不磊落的虛偽惡行，所以應該也沒有那麼容易就能接受我的歉意。

新工作會談的邀約地點，剛好會順道經過老家。我原本還很躊躇，但既然地點都已經那麼近了，也許真的冥冥之中自有安排，讓我終於下定決心先回老家一趟。

父母親當年投資很多金錢在大哥的體育用品店上，受到簽賭案件牽連後，他們的養老金也一下就付諸東流，最後算是勉強保住了這間充滿我們兄弟三人回憶的老舊公寓，但生活想必不會比我好到哪去。

這天下午，我向學校的球隊請了幾天假，帶著當地名產，坐著客運準備回去探望多年未見的父母親。經過幾小時的車程，總算到了這間老舊卻又溫馨的公寓。雖然我還留有鑰匙，但到了大門前，卻又突然無法繼續前進。以「近鄉情怯」來形容，或許不太恰當，但我的心情真的完全陷入一片混亂之中。

「你是——山仔嗎？」

我回頭望去，看到一個掛著厚重眼鏡的白髮老伯，而他手中所提的塑膠袋，卻因為受到驚嚇而掉到地上。

「爸——」我好不容易脫口而出，眼眶不禁泛紅起來。

「是山仔，你真的回來了，我們以為你永遠都不會回來了！」父親難掩興奮，並緊緊抓住我的手臂。

看到父親已經白髮蒼蒼，當年嚴厲的眼神也變得溫和許多，思念的情緒一下就湧上心頭。

父親緊抓我的手，始終沒有放開。等到我們一同進入屋內，他這才放下心來鬆開緊握的手，並開始忙進忙出，一下準備茶水，一下又翻出點心，完全把我當作客人招待起來。公寓內的擺設沒有多少改變，甚至牆上都還掛著我和弟弟過去輝煌的棒球獎狀。

「幾天前的比賽，我有看，你在電視上又再次投出好成績！」

看到父親的開懷笑容，讓我放了不少心，至少他的氣色還算不錯。

「嗯，還不錯！我的實力應該還可以再挑戰職棒——」我不經意說了這句話，卻開始後悔自己的莽撞。

「唉，山仔，我們不管那件事你有沒有參與，我們也相信你沒有參與，但你要知道，你永遠都是我們的兒子。不管你做了任何事，是好是壞，我們怎麼可能會像一般人那樣責怪你什麼。不要再一聲不響地走了，多和我們聯絡吧！」

父親語重心長說出這段話，讓我不禁鼻酸起來。過了這麼多年，真希望弟弟也和父親一樣已經原諒了我。

「爸，我有時候都會懷疑，看到我這種下場，你和媽會不會後悔當初選擇讓我打棒球？」

父親沒有馬上回答，臉上寫著「後悔」兩字的神情清楚可見，但還是開口：「山仔，這是你的夢想，我們當然尊重，媽說她不會後悔讓你打棒球，也始終相信你的清白——」

聽到母親的這種評語，真讓我非常感動。

「爸，媽還好吧？」

父親的臉色突然沉重下來，輕皺眉頭指著我後方說道：「她在——在那邊。」

客廳後方的角落，掛著大哥的遺照，而一旁竟然還有母親的相片。我無法接受眼前的事實，淚水瞬間湧了出來，母親竟然已經不在世上了。照片上的母親，笑容可掬，而隨侍在側的大哥，同樣露著燦爛的笑容，但一想到他們生前因為我的事件而飽受煎熬，映入眼簾的笑意，卻在模糊之中成為慘澹的苦笑。

走回那間曾經屬於自己的房間，翻開擺在書桌抽屜內的兒時記憶，當年國小畢業母親送給我的那隻投手手套，還靜靜躺在其中。

老舊的皮革，名牌標誌斑駁剝落，從以前到現在，換過無數手套，唯獨這隻，對我具有特別的意義。手套中夾著一團紙，打開一看才發現是當年那張零分的作文稿紙，已經忘了是什麼原因，並沒有丟棄。看到上面「沒出息」三個大大紅字，深深刺進了我的心坎裡。努力了這麼多年，終究還是一無所有，一想到這種諷刺的下場，淚水不禁再度潰堤。

我恨我自己，為什麼當初要這樣逃避家人！我也恨球團，為什麼當初替球團貢獻了那麼多，最後卻如垃圾般說扔就扔！我也恨簽賭的事讓我們整個家庭變得如此破碎，我真的無法原諒這種無恥的行為！

儘管有著千言萬語想與父親傾訴，但不知為何，卻還是開不了口。向母親與大哥上香致意，我已經沒有任何面目繼續留在這裡。道別父親後，我匆匆離開了老家。

抱著悲痛的心情，晚上我如期赴約。然而泰謙介紹我的新工作，完全出乎我的意料，竟然是擔任簽賭組頭！

他毫不諱言向我坦承，在第二次簽賭案爆發後，他和張教練雖然受到判刑，但服刑出獄後，由於找不到像樣的工作，又有家計需要維持，因此還是繼續簽賭的工作。

由於當初一票人遭到起訴，讓簽賭圈的版圖有些變動，即使重操舊業，受到地方勢力擠壓，讓他們變得只能朝向學生棒球發展。雖然金額比職棒少了很多，但如果操控得宜，還是能夠大撈一筆，像這次青苑少棒隊的冠軍獎盃，就是他與張教練合作下所得到的結果。

他還透露當年徐總丟了工作以後，為了繼續維生，在張教練的接濟下，生活才算勉強過得下去。尤其是這幾年又得了重病，需要龐大的醫療費用，使他後來也不得不加入他們的行列。

然而，就在前一陣子，徐總發現他們將簽賭伸入學生棒球後，竟然憤而退出，並勸阻他們最好不要做得這麼絕。張教練當然不可能輕易放過徐總，言揚若要退出，就必須交出之前的所有分贓，否則一定會把徐總參與過簽賭的證據向媒體公布出來。然而就在不久後，張教練竟然在徐總所屬的青苑少棒隊球場附近意外身亡，泰謙非常清楚，這一定是徐總幹得，只是就連警方都以意外作收，讓他也無從查起，只能找徐總當面理論。

聽了他這番話後，總算讓我了解張教練死時手上千元大鈔的意義，並不像媒體所說，是張教練被人威脅，反而是徐總受到他的威脅，才會前去交付贖款。但如果張教練真的是被徐總所害，他又是如何逃過警方法眼，掩飾成意外事件？

對於泰謙這項新工作的邀請，一開始聽了非常憤怒，但仔細思考過後，我決定將計就計，告訴他需要時間好好考慮。

我曾經多次想要將這位好友從低潮的痛苦深淵中救出，但不管怎麼努力，他在球團裡還是不受重用，讓我也為他感到惋惜不已。簽賭爆發後，基於過去深厚的友情，我還是希望他能夠改過自新，至少也算是給我們這些受到牽連的人，一個比較像樣的交代，想不到服刑後竟然還是執迷不悟。

反正這輩子大概已經註定不能重返職棒圈，我很清楚泰謙他們組成的投注站，不過只是整個簽賭版圖的冰山一角，利用三人對各自所屬時期的球員和教練影響力，企圖操弄比賽。而棒球圈就那麼小，小到幾乎人人都有交集，把持不住誘惑的人，很容易就受到影響。

依照過往經驗，檢調單位那種只針對檯面球員，而不針對幕後黑手的調查方式，其背後龐大的勢力可想而知。這種簽賭放水歪風，若不能連根拔除，僅針對最表面的組頭提出檢舉，一下就有後人取代，非得深入敵營，竊取更多情報，才有機會改變這種不良環境。

但這種陽奉陰違的舉動，真讓我內心相當複雜，總覺得有些對不起泰謙。不過他在多年前就曾經背叛過我，現在為了不讓他們將魔掌伸入學生棒球，也只能這麼做了。

泰謙希望我在兩天後做出答覆，而且地點就約在他們的簽賭本營。就算最後我不答應這項邀約，他相信我應該不至於會做出背叛他的舉動，因為他一直對我十分信任。

聽到這種話語，倒讓我相當掙扎，一瞬間竟然有些猶豫。不過為了遏止這種歪風，還有不希望再有後輩遭遇到我這種悽慘下場，我還是決定依照計畫行事。

兩天後，我如期來到約定地點。這個簽賭本營相當隱密，竟然只是一般的住宅公寓。我爬上三樓，看到鐵門半開，沒有半點猶豫，就直接走了過去。

拉開鐵門時，我聽到兩名男子的激烈爭吵，其中一人就是泰謙。泰謙上次說過，張教練死後加上徐總的出走，讓他們的團隊就只剩他一人，那麼在場的另一名男子又會是誰？難不成會是徐總？不過這聲音聽起來相當年輕。

再仔細一想，才發現這不就是弟弟的聲音，他怎麼會出現在這種地方？

「他媽的！林泰謙你這人渣！」弟弟異常憤怒吼了出來。

「學弟，不要激動——」相較之下，泰謙聲音小了許多，語調中還帶有畏懼。

「幹！你這種人不配當我學長！」

「學弟，好說好說，把刀放下吧——」

聽到泰謙的這句話，我加快腳步穿越客廳，直接奔向聲音來源，也就是這間公寓的廚房。我知道弟弟從以前就和徐總非常要好，在南茗國中時，也一直是徐總所重用的愛將，這些年來也和徐總有著密切來往。或許是徐總和他說了什麼，讓他知道泰謙簽賭的事情，因此決定前來找泰謙算帳。

一踏進廚房，就看到弟弟正拿刀步步逼近泰謙，不禁讓我大叫起來：「弟，住手！」

但一切真的太遲了，弟弟手上那把水果刀，已經深深刺進泰謙的下腹。

聽到我的呼喊後，兩人這才向我看來。

「哥——」

弟弟面露驚恐，完全無法相信自己竟然做出這樣的舉動。而受到刺擊的泰謙，只是呆立原地，雙手扶著那把淌著鮮血的水果刀。

環顧四周，流理台上還擺著切到一半的水果和數瓶罐裝啤酒，看來是泰謙為了我的到來所特地準備的。而弟弟大概是因為發現泰謙簽賭之事，在徐總告知這個地點後，憤而找他理論，一怒之下，便釀成這樣的大禍。

「弟，你不用擔心，哥哥一定會幫你扛下這個責任的，哥哥這輩子欠你太多、太多了——」

看到弟弟那雙驚恐的眼睛與他顫抖的身軀，身為哥哥，過去已經讓他因為我的事情，受了那麼多苦。他的人生原本應該可以非常美好，我不能再讓他有任何汙點了。

我走向泰謙，拔起他身上的水果刀。

「阿山——救救我——」泰謙微弱地叫著我的小名。

見到我不發一語，泰謙雙眼睜得奇大，眼底中的恐懼表露無遺。

「弟，你看清楚——」我拿起水果刀，雙手不停顫抖。

過去每當與弟弟發生爭執時，身為哥哥的我，基於疼愛的緣故，除了棒球以外，一定會做出退讓。但在這一刻，我決定還有一項事情絕不能讓給弟弟。

體內的血液貫注腦中，讓我感到一陣昏厥。為了怕自己下不了決心，此刻我已經沒有退路。不能再猶豫下去，我緊握水果刀往泰謙身上猛刺。在行兇過程中，我還重複喊著：「殺林泰謙的人是我，不是你。看清楚，我才是殺人兇手！」

「哥——」弟弟目瞪口呆。

「阿山，你——」

其實泰謙還有力氣可以反抗，但受到朋友的這種背叛，讓他完全失去動力，只是任由我無情揮舞。

看到泰謙痛苦的表情與眼角的淚光，我的淚水也跟著流了下來。

這短短的幾秒，卻在我腦海中迅速浮現過往一起練球的種種畫面，還有練完球後一同暢飲啤酒的享樂時光，而今卻演變成這種我作夢也沒想過的悲慘結局。

泰謙與我淚眼相對，久久無法言語。

廚房四處可以瞥見斑斑血跡，拿著兇刀的手彷彿已經與刀身合為一體，放也放不開。

「阿山，我不怪你，我知道你很恨我，也很有資格恨我——」泰謙倚著牆壁癱坐下來，率先開口打破僵局。「我真的對不起你，讓你生活變得那麼困頓。當年看你受到球團那樣壓榨，可能來日不多，才會拉你加入簽賭。想不到那天OB賽，我才知道我錯了，你的實力到現在應付職棒都還綽綽有餘。這次會再找你一起加入簽賭，是因為我上次得知你生活不是很安定才想幫你。我真的想幫你——」

泰謙說到這裡，緊閉雙眼，幾道熱淚又順勢流了出來。

「學弟，我好羨慕你，有這樣愛護弟弟的哥哥——」泰謙對著我身後的弟弟說著。「我從小就沒什麼朋友，阿山，我一直把你當成我的兄弟，絕對不可能想害你——我只是想幫你——」

泰謙滿是鮮血的雙手，突然握住我的左手，但力道卻非常微弱，努力開口：「下輩子，我們還要做兄弟吧！希望是親兄弟，希望到時候——職棒環境已經變好，還要繼續做台灣人，一起批上中華隊的戰袍——你還是當投手，我繼續當你的捕手——」

看到泰謙顫抖的嘴唇，我視線早被淚水占據，緊握他的雙手，卻漸漸感受不到他的體溫。

我從來沒有殺過人，我不知道殺一個人竟然那麼痛苦。這個害得我家破人亡的仇人，卻也是我這輩子最好的朋友，曾經也想過不如殺了他替大哥好好報仇，但為什麼現在我的心卻如撕裂般劇烈疼痛？

「泰謙，對不起——」我緊握泰謙那隻接過我上萬顆速球的左手痛哭起來。

「哈——」泰謙勉強做了一個微笑，但臉上已經沒有任何血色。「這麼多年來，我都不知道該怎麼向你贖罪——也許——也許這才是最好的辦法。告訴我的兒子——如果沒辦法出國發展——就不要再打棒球了——不然會跟我和阿山叔的下場一樣——」

「泰謙——」我竭力呼喊著。

泰謙沒有回應，嘴上還是掛著那僵硬的笑容，但兩眼的光芒卻逐漸黯淡下去。不久後便像個失去操縱的魁儡倒了下去，臉頰上還留著數道悲傷的淚痕。

兇刀終於從我手上脫落，我掩面慟哭，一場場過去的比賽殘影不斷在我腦中重複播放。

「哥——」幾分鐘過去，雙眼無神的弟弟終於開口。

「什麼都不要說，快走吧，不是還有重要的比賽要打！這裡還算隱密，就當作沒來過——」

「可是——」

「可是什麼！你的前途還那麼美好，不能染上任何汙點，也許還有重回職棒的一天，或是披上中華隊的戰袍，這一直都是我們三人從小的願望，而我和泰謙都已經不可能了。你知道這幾年來哥哥背負那種沒有做過簽賭的誣陷罪名，是多麼痛苦的一件事。現在如願以償，人是我殺的，終於能有充實的罪惡感了！」

說著說著我竟然露出苦笑，本來已經乾涸的眼眶，又再次濕熱起來。

這就是真正承擔實質罪名的感受嗎？其實一點也不比背黑鍋好受，但我還是得在弟弟面前裝得非常愉悅。為了保護弟弟，什麼都該犧牲，一定要盡我所能，這是身為哥哥的責任，尤其我過去又曾經這樣重重傷害過摯愛的家人。

拖著臭名滿身的軀體，若再加上什麼其他罪名，我也不會承受不起，反正我這一生的豐功偉業早就在簽賭案爆發的那一刻徹底毀滅了。

我不能再讓弟弟因為我的事而受到傷害，大哥往生，父親老了，母親也過世了，剩下前程一片光明的弟弟，絕不能再有任何閃失了。

我必須昭告天下：殺害簽賭組頭林泰謙的，就是我這個前職棒明星球員李君山！

◎九局上半　殘壘

「棒球的攻防，打從裁判高喊play ball開始，到舉手宣告game set為止，這之間所有的戰術、動作乃至於各種細節，都是永無止境的智鬥過程。球場上千變萬化，必須時時謹慎，一個不小心，很可能都會造成永久遺憾。大家喜歡說九局下半才是最後逆轉的反攻機會，其實每一局都是關鍵。如果八局下半，守方投手一個失投，讓局勢整個逆轉，九局上半就反而變成自己隊伍的最後進攻機會。」

哥哥從以前就很喜歡對我訴說這種棒球哲學，也許因為他身為投手，而我身為打者，讓他的觀點總是以投手作為出發。從以前到現在，一直追隨哥哥的腳步，不管怎麼努力，甚至學生時代也曾代表台灣在國際賽中拿下冠軍，但打擊實力總是和哥哥的投球差了一大截。

在正式比賽中也只有體院時期那次大專盃比賽的三次打擊，其中更僅有第一次猜中配球打出安打，剩下兩次不但吞下一次三振，還被配球調中擊出雙殺。雖然如此，我還是很佩服哥哥的球技，也是我一直以來誓言要打敗的投手。

還記得小的時候，受到哥哥影響，開始接觸棒球，那時對於棒球規則完全沒有概念，看到一些國外的比賽錄影，由於兩隊球服顏色相近，讓我天真以為這種比賽的投打都是同一支隊伍，搞

不懂到底在比些什麼，但看久以後又覺得攻守方好像不是站在同一陣線。哥哥聽了以後還笑我：「**棒球比賽上半局和下半局，本來就是不同人在進攻！**」

如果說國小教練是對我球技的啟蒙恩師，那麼哥哥便是塑造我對棒球知識及想法，最具影響力的那個人。許多規則、概念，都是哥哥在無形中，不斷藉由一同觀看比賽時的詳細解說，讓我逐漸了解其中的奧妙之處。一直以為只要努力，總有一天在職棒球場相見時，就能再和哥哥堂堂正正對決。

有在注意學生棒球的球迷，一定都會知道「火球左投李君山」與「強力右打李君風」這對兄弟檔。誰知道後來竟然發生簽賭案件，讓哥哥被迫離開職棒，而我的職棒之路，竟然也受到牽連提早結束。

看著哥哥投案後所寫下的自白書，從國小、國中、高中、體院到後來的職棒，這些都是我以前所不知道的心路歷程。雖然哥哥最後為了包庇我的罪行，在官方版的自白書中，沒有提及任何關於青苑少棒隊簽賭的醜聞，以及我後來一時衝動失手刺傷林泰謙的事，但還是讓我看到許多以前不曾知道的事情。

一直以來，認為自己的棒球歷程相當平順，還在學生時代當過隊長，實在無法理解為何哥哥的棒球之路總是那麼曲折，甚至還曾經懷疑他是否不夠努力，卻從沒想過其實自己能夠如此順遂，都是哥哥在前方為我鋪下許多寬敞的道路。

我從來不知道他在國中時期受過那麼大的委屈，一直將棒球視為理所當然的我，也不知道當初哥哥說服父母親讓我們打棒球，是歷經了那麼多波折。

那晚前往醫院找尋徐總，在我不斷追問下，他終於承認殺害張傳隆。

意外發生那天，本來按照表定行程，應該進行到綜合守備練習，但由於俊龍他們的惡作劇，讓時間有些延誤，更讓原本預定在綜合練習時，會由我失手打到左外野的球，提前由振益擊出。這也迫使一直等在森林外圍的徐總，提前執行殺人計畫。

依照原定計畫，徐總和張傳隆約好在那片森林交付勒索款項，徐總利用我每次在綜合守備練習時，會將球打到那片森林作為掩護，想製造出人為的意外球擊。當然，手臂因車禍受傷的徐總，不可能再像以前那樣投出那麼快的球速，而且這樣一來，球擊的角度也會和高飛球有所不同。

一開始也覺得不太可能會是徐總，但當我回想起那天還有一台發球機在徐總車上，才讓我想到藉由這種機器，任誰都能投出很快的球速，而且還會非常精準。況且徐總的廂型車後方，還擺著一台小型發電機，更可以克服戶外沒有電源的窘境。

這麼一來剩下的就只有球擊角度的問題。

原本我還不太明白，既然都已經決意要置張傳隆於死地，為何又要將那些千元大鈔帶來。後來才發現這些鈔票還有它們的功能性，便是誘使張傳隆彎腰撿起那些鈔票。在這種情況下，就算張傳隆受到平飛球的襲擊，事後因為地緣與角度關係，將很容易讓警方判定，是來自青苑國小棒球場的高飛球，並以意外作收。

那天徐總事先就在森林邊埋伏，等到張傳隆來了以後，便將這疊千元大鈔拋向張傳隆前方。關於這點，由於事前無法知道張傳隆到達約定地點的確切時間與進入森林的所經路線，再加上也無法得知當天是否一定會有球從場內飛出，也只能一直在旁伺機而動。

計畫進行還算順利，在振益擊出場外全壘打的那段時間，張傳隆也如期赴約。不過徐總倒是沒料到前幾日的陰雨積水，讓他可能會在進入森林擺放鈔票時留下腳印，無可奈何下，也只能臨時想出拋鈔票的方法。

遠遠觀察到張傳隆現身後，徐總便將鈔票拋向張傳隆所會行經的路徑。雖然徐總手臂已經不適合再投球，但這種上拋的動作對他而言還不算很難，等到張傳隆彎腰下去查看鈔票時，再利用事先架設好的發球機襲擊。由於地形的關係，張傳隆一直無法察覺這些陷阱，最後真的讓徐總計畫得逞。

我實在無法接受徐總這種行為，敢做不敢當，甚至最後還讓振益背了黑鍋，而在他心裡留下難以抹滅的陰霾。要不是那天出現突發事件，最後被嫁禍的可能是我，一想到此更不能原諒徐總。

徐總還表示，自己會走上這條路，是因為當年哥哥的那些言論所造成，近幾年更患上絕症，需要龐大的醫療支出，才會這樣鋌而走險。除此之外，他為了基層棒球的發展，才會一直參與簽賭，利用那些錢來購買各種用具贈送給地方球隊，青苑少棒隊那兩台高價位的發球機，其實就是這麼來的。

徐總還把張傳隆與林泰謙兩人，將簽賭魔掌伸入少棒的事，全都一五一十告訴了我。在我得知這些惡行後，終於能夠確定我之前的推論，一怒之下，只想找林泰謙理論。在徐總給我林泰謙的簽賭藏身處後，我毫不猶豫直接前往，之後就發生了那些事情。

這麼多年沒有再和哥哥說過話，其實心中已經沒有當初那麼怨恨，但這幾年來，還是始終無法對他跨出和解的第一步。即使事情發生後，和哥哥失去聯絡，但如果真的有心想要尋求管道，還是有機會可以找到他的蹤影。只是在家人的心中，多少都對他有些無法諒解。

當年得知哥哥因為簽賭的事，並未受到判刑，僅被學生聯盟作出球監處分，讓我感到有些失望。雖然他不能在場內紅土區出現，但還是可以自由進出球場，在看台繼續做起地下教練，對於這種結果我一直不是很滿意，總認為這群人已經沒有資格再碰觸任何和棒球相關的事物。

ＯＢ賽那天，在薇芳的強拉之下，前去為哥哥加油，看到哥哥場上賣力投球的表情，竟然讓我感動不已。賽後薇芳刻意找了哥哥，為的就是替我製造和解機會，但我彆扭的個性，還是讓我駐足不前。

直到後來哥哥為了掩飾我的罪行殺害林泰謙，他那迷惘卻又堅決的神情，真讓我痛心不已。在簽賭事件上，我一直不大相信哥哥完全清白，況且後來大哥也間接受到這件事的牽連，讓我想不恨也難，更何況罪魁禍首還是林泰謙他們。但我現在真的非常後悔，甚至是痛心，當年因為大哥的死，我竟然還對哥哥喊出「殺人兇手」四字。

這麼多年來，哥哥受到的身心煎熬，自然不在話下，而身為弟弟的我，竟然沒在家人最落愧時提出聲援，反而還作出落井下石的舉動，回想起來真的是慚愧不已。只因為自己的前途受阻，心懷怨恨便不再相信哥哥的清白，和後來哥哥的頂罪兩相比較，我那些作為簡直比禽獸都還不如。

我還可以算是人嗎？

那晚發生的風波也不過是幾天前的事，卻彷彿已經是一段相當遙遠的模糊記憶。在哥哥的掩飾下，警方始終未將我列為可疑對象，甚至也不曾發現我去過命案現場，然而卻可以隱約感到徐總已經知道事情的始末。

在這種情況下，我和徐總都沒有針對此事多說什麼，就這樣帶著青苑少棒隊前往韓國首爾進行最後的國際決賽。

其實我一直有個疑惑，雖然這只是小型的國際比賽，但應該還不至於讓日本沒有派隊前來參加，可是在第一屆比賽後，日本隊就再也沒有出現過。帶著這種疑問，我們還是展開一系列的單淘汰賽。前幾場比賽遭遇的對手並不是非常強勁，非常順利就取得決賽資格，將對上最後的地主隊強敵韓國。

但自從到了韓國以後，徐總的身體狀況每況愈下，其中很多場比賽都無法到場，甚至還住進了當地醫院。就在這時，他終於向我坦承已經是癌症末期，前陣子已經放棄治療，將不久於人世，這次比賽是為了這些小選手們才硬撐過來。

在這幾場沒有徐總的比賽中，他不僅是我，也是小選手們的精神寄託。原以為徐總至少還能安然撐過這些比賽，沒想到在總決賽前夕，卻還是因為多重器官衰竭，突然過世。

徐總在韓國住院的那段期間，在病床上什麼話也不願意多說，只是不斷重複「不要放棄希望」這一句話。顫抖的右手不時緊握棒球，每當此時，眼角都會不自覺浮現淚光，但還是繼續說著同一句話。

那句「不要放棄希望」，指的應該不是徐總自己的病情，或許歷經大起大落的他，即使犯下難以原諒的簽賭過錯，讓我對他大失所望，還是希望我不要對棒球心生絕望。

徐總臨終前，意識變得相當模糊，劃上深邃刻痕的臉頰上，不時出現斷斷續續的淚痕。我不知道這些眼淚是來自生理疼痛，還是徐總的悔恨，但不管如何，飽受病痛折磨的徐總，最後還是挨不到總決賽的到來，無法親眼目睹小選手們的精采表現。

待在病床陪伴徐總的這段時間，我彷彿看到國中時期他那不苟言笑的嚴肅身影，各種頭頭是道的話語，至今依舊還能在耳邊響起。為什麼後來會做出這樣的舉動，我實在無法理解，但看到徐總與病魔搏鬥的痛苦表情，與他過去叱吒風雲的球場英姿，歲月的摧殘究竟改變了什麼？

我深信，一直到燃盡生命火苗的前一刻為止，他對棒球的愛，自始至終都不曾改變過；然而又是為了什麼，讓這群人有了後來的轉變？

為了避免影響選手們的士氣，徐總的死訊一直沒有向他們宣布。想不到隨行陪同的薇芳，卻因為悲傷過度，不小心將消息洩漏出去，一下就在球員間傳開。

小選手們聞訊後全都哭成一片，但我卻因為需要處裡徐總後事，不得不在決賽前段離開球場，只能將照顧選手的重責大任託付給微芳處理。等到我再次趕回比賽現場，球賽已經進行到二局下半，韓國隊以二比一暫時領先我們。

天空相當陰沉，彷彿訴說著我們所承受的悲苦。即使已經五月，但在高緯度的韓國，仍然可以感受到微冷的空氣。場上所有選手全都表情嚴肅，有些選手更是哭腫了雙眼，而他們左手上臂都別著一塊向徐總致敬的黑布。

為了感念徐總的恩惠，這些選手們在賽前都誓言要拿下冠軍，以告慰這位領軍多年的總教練。先發投手依舊派出隊上王牌俊龍，他那雙炯炯有神的大眼，宣誓著一定要拿下勝利的決心，不過畢竟青苑國小這一路還是靠著一些「人為因素」取得比賽資格，和韓國隊實力還是有一小段差距。

儘管如此，每個球員散發出的求勝意志，還是非常令人動容。二局下半，在俊龍的賣力投球之下，仍然壓制不住韓國隊的打線，接連被敲出兩支一壘安打，雖然最後在三振與雙殺之下化解了失分危機，但還是可以明顯看出對方的堅強實力。

三局上半輪到我方進攻，首先上場第三棒打者就獲得四壞球保送，緊接著卻被對方投手奪下兩次三振，一下就形成兩人出局。

緊接著輪到第六棒的振益，雖然他在前幾場淘汰賽就已逐漸恢復手感，不過徐總的死，也許對他產生了更大的刺激，讓他在這場比賽完全覺醒，一下就恢復了以往的暴力打擊。前一次上場打擊就擊出帶有一分打點的二壘安打，想不到在這一次的打擊更硬生生將球撈到左外野方向形成兩分打點的逆轉全壘打。

所有選手屏氣凝神看著球飛出全壘打網後，全都樂得跳了起來，眼神所散發出來的光芒，甚至比擊出全壘打的振益本人都還要閃亮，衝到場邊站成一排，迎接這位小英雄的歸來。

「我成功了！」振益興奮地向我和俊龍大聲喊著，一些球員更是紅了眼框。時間彷彿是靜止的，外野裁判在空中劃圈的動作，在腦中不停重複播送，耳邊又響起徐總臨終前那句「不要放棄希望」。

場邊台灣隊球迷雖然不多，還是有許多到場助陣的記者朋友，聚在本壘後方形成一小塊特別顯眼的加油區。見到這種情景，許多球迷更是放聲大喊台灣隊加油。

三局上半結束，一下就將落後的壓力轉向韓國隊這邊。

然而，三局下半韓國隊的反攻，卻出現不可思議的情景。

主審的好球帶在這個半局，突然變得有些飄移，讓俊龍接連投出兩次四壞球保送，形成沒有人出局一、二壘有人。接著韓國隊又下達短打伎術，雖然三壘手已經趨前防守，不過這一球卻點得相當微妙，三壘手接到球後，聽從捕手國倫的指示傳向一壘，但最後一壘審卻擺出安全上壘的手勢。連我這種遠在休息區的人都看得出來球比跑者還先傳到，一壘審竟然還做出這樣誇張的裁決。

我再也按捺不住，向前去和一壘審爭論，但不管如何，他還是不願意改判，令人相當生氣。無可奈何下，我也只能招集所有內野球員進行精神喊話。

「教練！那個主審根本有問題！」俊龍站在投手丘旁氣憤說著。

「豈止主審好球帶有問題，連一壘審我看也有問題！」捕手國倫瞪著一壘方向氣得就要跳腳。

雖然我很清楚在場的這些韓國裁判可能想搞些小動作，但我還是只能這樣勉勵他們：「各位選手，我也看得出來剛剛那球很有爭議，但如果遇到逆境都不試著去解決，總不能一直怪環境不好吧！不管他們耍什麼花招，我們一定要以自己的實力迎向他們，無論最後輸贏，我們一定要用我們的奮戰精神讓他們和裁判都去『吃屎』吧！」

我私自揣測，如果是徐總遇到這種情景，大概會用一些大道理來勉勵球員，不過我還是有我自己的作風，不經意就會說出這種不雅的話語。

「教練，你放心，我們一定要幫徐總贏得最後的冠軍，相信我，我答應過大家的！」俊龍表情相當認真，看起來並不只是隨意說說。

最後大家圍成一圈，並放聲高喊「台灣加油」，接著我便離開球場重回休息區。下一棒打者，在俊龍的速球壓制下吞下三振，形成一人出局。不過面對下一棒時，卻又被他打出左外野方向的強勁飛球，眼看就要飛越左外野上空落地形成長打，卻被左外野手飛身攔了下來，但落地的那一瞬間，卻因為一個不穩，讓他的腳踝重重扭了下去，球又從手套滾了出來。

不僅如此，受到撞擊，左外野手的球帽也掉落一旁，可以想見衝撞力道的強烈程度。補位的振益雖然很快將球傳回內野，但時間上的擱置，已經讓壘上三名跑者，全都奔回本壘，同時也讓打者安全上到三壘，使比數一下就形成五比三的落後局面。

看到我方左外野手躺在草坪上痛苦哀嚎，根本沒心情關心比數的變化，我和薇芳見狀後直接跑向外野，關心選手受傷狀況。這名選手表情相當痛苦，在醫護人員擔架搬運下，他只是不斷緊抓手中的球帽，淚水潸然而下。

「教練，對不起，我應該能接到的——」他的淚水夾雜著生理腳傷與內心自責的雙重痛楚，看了真的非常難過。

「不要再說了，你已經盡力了，比賽還沒結束，我們一定會贏的！」我看到這些小選手們不顧一切的奮戰精神，真的感到非常愧疚。

簽賭、放水、球團惡意刁難的惡質環境之外，難道這種最原始的拼戰精神，真的只能在國際賽中展現出來嗎？雖然青苑國小隊是藉著林泰謙那些人的操縱，最後才進入國際決賽，但此刻我所看到的卻是一支意志力堅強的隊伍，也許不需藉由那些人為影響，我們還是可以拿到台灣區冠軍。

左外野手下場休息時，本壘後方的台灣加油團，全部起身為他的搏命演出熱烈鼓掌，雖然就只有那麼小小一塊區域，卻還是展現了我們決心搶勝的強大氣勢。換上二線球員替補後，其他選手被剛才左外野手的奮戰精神感染，儘管分數落後，鬥志依然相當高昂。最後在俊龍接連投出兩次三振下，終於化解這局繼續失分的危機。

四局上半，我方變得士氣高昂，首先上來的打者就使出突襲短打安全上壘，接著下一棒進銘又擊出一壘安打，形成無人出局攻占一、二壘的局面。如法炮製，我下達了短打伎術，讓跑者成功推進到了二、三壘。

接著輪到第三棒打者，第一球就擊出投手前的強勁滾地球，原本依照球勢將形成穿越一、二壘間的滾地安打，想不到卻被韓國投手硬生生攔了下來。然而投手一個不穩，卻又讓球漏了出來，再次撿起傳向一壘時，打者早就安全上到一壘，就算一壘審想搞什麼小動作，也無可奈何。靠著這支內野安打，讓我們攻下第四分，形成一、三壘有人，五比四僅剩一分落後的局面。

輪到第四棒俊龍的打擊，卻意外在兩好三壞後，被一顆具有爭議的好球三振，儘管俊龍對於這個判決相當不滿，還是形成了兩人出局。面對這種詭異的位置，主審頻頻高舉好球手勢，受到影響的打者很容易被投手壞球調中，影響打擊節奏。

不是我們沒有運動家精神，有時候真的不得不懷疑，這場球賽的裁判有些問題，儘管如此，還是只能用實力打破這種困境。

下一名上場打擊輪到第五棒，投手第一球就失控形成觸身球，這下主審總算無法再左右結果，只能讓打者上到一壘，形成滿壘的局面。

韓國隊叫出暫停，準備更換投手，就在這時，天空開始飄下細雨。雖然不至於影響比賽的進行，但那些滿布天空的烏雲，還是讓人心情跟著沉重起來。

中繼投手熱身完後，輪到前一輪擊出逆轉兩分全壘打的振益，韓國隊捕手又在這時向主審喊出暫停，跑向投手交代幾句，大概希望投手小心面對接下來的這名巨砲打者。但捕手的叮嚀還是沒有收到效果，在一好兩壞之下，振益又將球打穿三、游防線，形成強襲安打。三壘上跑者回來得分追平比數，二壘上的跑者穿過三壘，接著竟然不遵從我的指示停在三壘，一口氣直奔本壘，準備拿下超前分，然而韓國隊外野手已經迅速將球傳回本壘，將跑者觸殺在本壘之前。

這真的相當可惜，也許是我的戰術過於保守，不過這球確實有一拼生死的本錢，也讓我不好責怪他們。雖然不聽從教練指揮，是一件很嚴重的事，但看在大家都是求好心切，我也沒有再多說什麼。

四局下半，韓國隊又在俊龍的壓制之下，僅敲出兩支零星安打，最後歷經艱險還是守住這個半局。五局上半，我方雖然有安打出現，但最後還是沒能拿下分數。到了五局下半，原本五比五的僵持局面，卻發生了變化。

這個半局韓國隊首名打者就擊出一壘安打，之後在犧牲短打的護送下，讓得點圈出現跑者。下一棒打者又從俊龍手中擊出德州安打，二壘上的跑者個頭很大，因此腳程不是很快，右外野手振益很快就將球傳回本壘，時間上絕對來得及觸殺跑者，但韓國隊這名跑者眼看情勢不對，乾脆利用體型優勢，對捕手做出衝撞。

體型本來就有些嬌小的國倫，受到這一個強力撞擊，雖然已經緊緊握住手套，但那顆關鍵的白球還是滾了出來。儘管國倫見狀後，還是連滾帶爬，奮力抓回落地的球觸向跑者，但主審還是做出了得分的手勢，而擊出安打的打者更利用這個機會上到二壘，讓比數又變成六比五的落後局面。

國倫氣憤地將捕手頭盔重重摔在地上，表達強烈的不滿。雖然我馬上對他們這個衝撞舉動提出抗議，但主審認為屬於合法動作。我也很明白這是一個合規行為，但如果就這麼眼睜睜看著自己球員受到侵犯，而不作出任何回應，一定會讓士氣大受影響。

受到這種撞擊，捕手國倫的左腳出現嚴重傷勢，行動受到影響，不得已之下，也只能換上隊上另一名候補捕手文川。文川跟進銘一樣，是唯二入選這次比賽名單的五年級選手，但他和進銘那種豐富的實戰經驗不同，文川很少在正式比賽亮相，但現在情勢所逼，也只能勉強讓他上場。

暫停結束後，俊龍的第一顆速球，文川可能因為過於緊張，竟然沒有接到，讓二壘上的跑者上到三壘。接著又被下一棒打者擊出右外野的深遠飛球，雖然最後接殺出局，卻還是讓三壘上的跑者輕鬆跑回本壘。藉著這支高飛犧牲打，韓國隊再下一城，取得七比五的兩分領先，反而讓六局上半成了我們最後的反攻機會。

六局上半，第一名上場的隊長進銘又靠著腳程跑出內野安打，然而第二棒卻遭到三振出局。在我沒有下達戰術之下，進銘竟然自己發動盜壘，所幸他真的對自己腳程相當有自信，最後成功上到二壘，不然這種冒險進壘，對於落後兩分的我們幫助實在有限。輪到第三棒的打者，在這時又擊出一壘安打，形成一人出局，一、三壘有人的局面。

韓國隊教練在這時喊出了一個暫停，雖然沒有更換投手，卻耗去了不少時間，最後在我的抗議之下，才被主審請了回去。天空又再次飄起細雨，而且雨勢絲毫沒有減弱的趨勢，我不希望這又是韓國隊想要什麼花招。

輪到四棒俊龍，第一球就揮了大棒，將球擊向右外野手前方落地，形成一壘安打。三壘上跑者回來得分，使比數追成七比六，一分落後，也讓跑者繼續分占一、二壘。韓國隊又在這時候叫了暫停，這次一定要更換投手，但還是在投手丘摸了半天，最後才讓後援投手上場練投。

原本的綿綿細雨，在選手們的頭盔上逐漸形成明顯的水滴，讓我開始憂心比賽會因此暫停。

韓國隊更換投手後，第一球竟然就投出暴投，免費奉送我方一、二壘跑者上到二、三壘。在這球以後，韓國隊教練竟然又跑了出來，這次不是更換投手，竟然是將捕手換了下去。一人出局，二、三壘有人的情況下，投手又接連投了三個誇張的壞球，將打者保送上壘，形成滿壘的局面。不出所料，韓國隊教練又再次現身紅土區，將投手換了下去，心裡大概也有個譜，他們想藉著雨勢因素讓比賽中斷。

投手熱身完後，輪到今日打擊率百分之百的振益。他很有能力也很有機會，一棒就將比賽整個逆轉，但他卻只能在打擊區遲遲等待，因為韓國教練似乎又對現在的雨勢提出抗議。

看到這種情況，我再也無法忍受，跑到場內找他們一起理論。想不到說什麼也聽不進去，雙方遲遲無法達成共識，只能眼睜睜看著雨勢繼續加大。裁判基於比賽就快結束，裁定繼續比賽，韓國隊對此表達強烈不滿，反倒開始拒絕比賽。最後主審對韓國隊提出警告，若不出賽將視為棄權，這點倒是讓我對主審偏袒韓國隊的嫌疑有了些許改觀。

一人出局，一分落後，滿壘的局面，又輪到隊上甦醒的強棒振益，真的是一個逆轉的大好時機。如果一棒將比數逆轉，青苑少棒隊將很有機會靠著自己強韌的意志與實力，代表台灣拿下這一次國際賽冠軍。

在這個緊張時刻，雙方的球迷全都屏息以待，準備迎接這一名強棒與韓國投手的對決結果。然而剛才主審的裁決不過是他們的伎倆，在韓國隊換上新一任的後援投手，投出一球明顯壞球後，韓國教練又出場喊了暫停，繼續他的暫停比賽申訴。眼看雨勢有逐漸變小的趨勢，心想再怎麼樣也頂多暫停比賽，若等雨停後繼續開賽，中斷過久反而才對他們投手不利。

沒想到經過這一次抗議，主審出乎意料認為雨勢確實變大，因而做出暫停比賽的決議。但在場的人應該都可以明顯感受雨勢逐漸變小，睜眼說瞎話也該有個限度。不但如此，竟出現更誇張的判決，主審直接裁決比賽結束，讓我們最後以六比七的比數敗給了韓國隊。

聽到這樣的結果，我氣得當場跳腳，沒能替徐總奪下冠軍的小選手們，更直接哭了出來。為了告慰徐總在天之靈，選手們奮不顧身，在這場比賽卯足全力，就是要與韓國隊力拼最後的勝利，沒想到竟然以這種方式被迫劃下句點，當然各個心有不甘。

這一刻，我終於明白，為何日本隊自從第一屆比賽後，就再也沒有繼續參加，還有前幾屆的台灣冠軍隊，不再參加後面幾屆比賽的原因。

這比賽真的太骯髒了！一路下來看到太多匪夷所思的判決，最後直接裁決比賽結束更讓人難以接受。

即使裁判宣告比賽結束，在綿綿細雨中，振益還是擺著打擊姿勢不願離開。壘上的三名跑者也都停在原地，並沒有隨著韓國隊的球員一同行動。球場內只剩下青苑國小的球員繼續站在細雨中不願離去。

不管我怎麼抗議，裁判還是不願受理，最後更直接離開球場。見到這種情形，韓國隊更是歡欣鼓舞，又跳又笑慶祝總冠軍的到來，和我方一片死寂的休息區形成強烈對比。

站在場上的四名球員，不約而同緊握左手臂上的黑布痛哭起來。在休息區的其他選手也跟著做出同樣動作，全都因為這種不公平的結局哭成一團。

——沒能達成徐總臨終前的願望，真讓他們傷心不已。

但這真的是他們的錯嗎？

徐總如果能看到這種場面，真的對得起這些純真善良的小選手嗎？

即便他後來將許多簽賭所得款捐給基層棒球，但還是曾經重重傷害過職棒環境，那些參與簽賭的人，應該要好好看看這些小選手們的奮戰精神。

細雨還是持續飄著，冷風還是持續吹著，但場上的四名選手，和休息區中其他隊友，卻無法改變這種結局。身為總教練，卻對這種不合理的結果無能為力，真的感到無比痛心。

但除了痛心以外，我還能做什麼嗎？或是我們除了對台灣的棒球感到痛心以外，是不是還應該去做些什麼——

◎閉幕

細雨紛飛，冷風微吹，即便千百個不願意，最後的結果還是這麼定了下來。

如主辦單位所願，最後地主韓國隊拿下了冠軍，而代表台灣出賽的青苑少棒隊，在最後總決賽以六比七敗給了韓國，屈居亞軍。

本來我很想直接帶領整支球隊離場，拒絕參加閉幕典禮。但在薇芳的勸阻下，我們還是留了下來。她覺得就算只是亞軍，但這種國際賽的獎項，對我們以後青苑少棒隊的招生，還是會有不小的幫助。

我想到徐總在生前不斷灌輸這些選手們的運動家精神，即使遭受到這種不公平的對待，還是應該讓他們學習，如何坦然面對這種結果。因此在參加閉幕典禮前，我還特地把他們招集起來，重新述說一次徐總的諄諄教誨，希望他們在接下來的頒獎典禮還是能保持該有的風度。

我告訴他們，雖然韓國隊很明顯有作弊的嫌疑，但如果不是我們實力差距不遠，而是遙遙領先他們，根本就不需要畏懼這些小動作。

即使這麼說著，我還是知道台灣和韓國之間的棒球實力，愈往上層，差距愈大。以往頻頻稱霸三冠王的時代，對於現在這一世代來說，卻可能是一項艱鉅任務，畢竟大家也都一起向前邁進，一切的勝敗就端看誰的進步幅度比較大。

韓國加油區的觀眾興高彩烈揮舞太極旗，而我方人勢雖少，卻因為主辦單位禁止，一面青天白日旗也沒有出現，想到這裡，心中更是無限感慨。

林泰謙學長雖然在臨死前囑咐不要讓兒子留在國內打球，但我始終還是相信國內職棒環境會有改善的一天。如果因為環境惡劣，便對台灣棒球絕望，那真的就什麼也不會改變了。

我相信之後還是會有不少人士投入改革與制度的建立，但那一天的到來究竟還需要多久，我也無法知道。在此之前，我還是會盡我畢生之力投入基層棒球，懷抱希望等待這一天的到來。

我還會好好等待哥哥，直到他出獄的那一天。雖然我們都無法再加入職棒，但我還是很期待在OB賽上與他對決的那一日。

我還要讓他看到那個時候台灣的職棒環境已經大幅改善，讓林泰謙學長的兒子願意留下來為本土棒球盡一份心力。更要讓他看到台灣在國際舞台上輝煌耀眼的表現，讓棒球不再只是商業化下全民一頭熱的短暫商品，而是成為真正的國球。

頒獎典禮開始，場邊響起相當不熟悉的韓國國歌。球員們雖然心有不甘，卻在我之前的勸說之下，勉為其難站在韓國隊旁忍受他們的愉悅與聽著他們的國歌。

一向相當乖巧的振益、懂事的隊長進銘與比較桀驁不馴的俊龍，竟然不約而同在這時候唱起我們的國旗歌。

「山川壯麗，物產豐隆——」

原本我想要制止，但這歌聲一下就傳遍整個青苑少棒隊。即使沒有樂隊的伴奏，耳邊卻還是彷彿響起那輕快的國旗歌。

「炎黃世胄，東亞稱雄——」

雖然在場其他人士，一片錯愕，但也沒有人敢制止我們的舉動，也許主辦單位也自我心虛，才會沒有採取任何因應措施。

「毋自暴自棄，毋故步自封，光我民族，促進大同——」

看到韓國太極旗緩緩升起，我彷彿看到我青棒時期代表台灣出賽拿下冠軍的那一次，我們會旗也是這樣冉冉飄揚而上。

無關乎政治，不管我們國內政黨吵得如何，但在國外，我還是只認同我們的國旗，然而我們國旗每次到了國際賽究竟到哪裡去了呢？

我已經不在乎其他人會怎麼想，也跟著這些小選手們放聲高唱。

「創業維艱，緬懷諸先烈，守成不易，莫圖務近功——」

隨著我們高亢歌聲的遠播，本壘後方來自台灣的加油團也跟著唱了起來。看到眾人張口高唱的認真表情，真讓我內心激盪不已。尤其是唱到最激昂處，許多人都紅了眼眶，我的眼淚竟然也隨著歌聲流了下來。

「同心同德，貫徹始終，青天白日滿地紅——」

「同心同德，貫徹始終，青天白日滿地紅——」

看著韓國國旗升上高空，我多麼希望我們的青天白日旗，有一天也能這樣在國際舞台上隨風飄揚。

回首這麼多年來，國內政局一直相當混亂，唯有體壇的耀眼成績，才能讓國人凝聚向心力，難道我們真的只是一盤散沙嗎？

一九九九年九月二十一日，那一夜，全台遭受大震撼，多少人流離失所，痛失親人。全國有錢捐錢，有力出力。警消人員竭力搶救的那一幕，在你我記憶中，不曾抹滅。「台灣，加油！」

是多麼令人鼓舞的一句話——

還記得二零零一年世界盃棒球賽時，全國上下一心為中華隊加油的景象。那一片全場團結一致的場景，當中華隊擊敗日本隊，拿下第三名的那一刻，多少人激動落淚——

二零零三年，當SARS侵逼台灣，全國人心惶惶，大家不分彼此，互相援助、互相打氣。全國各地不斷捐贈Ｎ９５口罩到各大醫院，那種愛心，一直常存在你我心中。然而當感染病例不斷升高之時，面對未來，誰不惶恐？在無數的抗SARS英雄犧牲奉獻，與全民無間的合作下，台灣，終於力抗SARS。當台灣從警戒區除名的那一刻，那種重懷希望的喜悅，相信大家都還記得——

同年十一月，亞錦賽在日本札幌開打，全國人民心繫札幌，多少上班族翹班，多少學生翹課，就是為了替我們的國手加油。十局下半，當高志綱擊出那一支再見安打，全國沸騰的情緒，連遠在札幌的國手與加油群眾，都是心心相連的。那一刻，我哭了，我真的感動到難以言述，眼淚就這樣不自覺地流了下來——

二零零六年，洲際盃棒球賽在台灣如火如荼展開，當棒球國手張泰山從古巴投手手中敲出超前比數的全壘打時，不僅是播報員情緒激昂，就連在電視機前的我，也為了這顆好球興奮不已。同年的杜哈亞運，最後對上日本，林智勝的再見安打，不僅他個人流下了英雄淚，更讓無數人為此動容——

二零零七年，亞錦賽的中日之戰，當中華隊當家第四棒陳金鋒從日本第一王牌投手達比修有手中敲出逆轉的二分打點全壘打時，在現場看球的我，更是激動得又跳又叫，即使周圍的球迷互不認識，還是高興地抱在一起——

這些感動的時刻，都是我不曾看過全國上下這麼團結一致過的時候，我想到台灣長久以來，在國際上不斷遭受打壓，終於用棒球讓世界看到台灣人團結的力量，那種喜悅，那種喜悅——

即使在二零零八年的北京奧運，中華隊意外落敗中國，讓多少國人心碎不已。然而之前為了打進奧運，那一場場的八搶三奧運資格賽，多少國手燃燒手臂、燃燒生命，鐵捕葉君璋在中加之戰，更為了替中華隊守下那珍貴的一分，用生命抵擋強敵的撞擊，就是不願輕易放開手中的小白球。奧運的中韓之戰，雖然一開始就已經大比分落後，在精神領袖陳金鋒受傷後，棒球國手彭政閔更是扛下重任，以突襲短打賣力撲向一壘，不願放棄任何希望，帶動反攻士氣。身負隊長重任的陳金鋒，在晉級希望尚未破滅前的中美之戰，更是負傷上陣，每一次的奮力揮擊，他那硬撐的痛苦表情，在電視機上，更是讓人看得既是感動卻又心疼不已。

他們為的是什麼？即使環境險惡，為的就是替台灣打出另一片天。棒球就是這種需要講求團結奮鬥的團隊運動，沒有什麼事是絕對可能和不可能。

——這也是為什麼我從小就那麼喜歡棒球的原因。

我想不管是徐總，還是張傳隆、林泰謙，甚至是哥哥，即使身處異地，卻一定跟我一同經歷過這些激動的時刻。雖然我們都無法再為中華隊效力，但每逢重要國際賽事，不是守在電視機前，就是衝到現場加油，看到這種場景很難不被深深感動。

不過是顆簡簡單單縫有紅線的白球，卻讓我們眾人的命運，緊緊連在一起。

我堅信，即使是犯下簽賭過錯的那些人，一定和我一樣始終深深愛著棒球，但到底又是什麼原因，讓他們偏離了正軌？繞了這麼大一圈，我才終於明白，徐總那句「不要放棄希望」，就是這顆小白球所想傳達給我們的神聖旨意。

有生之年真的能夠看到台灣棒球超越日韓的一刻嗎？

整體環境還是相當惡劣，一些球團經營的態度更是令人有些不解，然而這些困境真的能夠徹底打敗我們長久以來的韌性嗎？

一年又一年的國際賽事，更突顯出我們與其他國家實力上的差距，國內市場卻又在少數球員的不自愛下逐漸萎縮。看到這種情形，怎麼可能不為此深感痛心。

想到眼前這些韓國球員，未來的發展要比我們這些選手平順許多，心中不禁非常羨慕。看著俊龍和振益這對難兄難弟，彷彿看到以前林泰謙與哥哥這對感情深厚的投捕搭檔，我真的不希望他們走上同樣的道路。即使能夠自愛而不涉賭，但擺在他們眼前的仍舊是重重阻礙。

此刻，天空滿佈烏雲，氣氛低迷地讓人喘不過氣，細雨打在場邊的幾顆棒球上，形成一長串的水滴。順流而下，猶如訴說哀傷的幾道淚痕。

那不是雨水，而是國球的眼淚。

（全文完）

要推理79　PG2505

要有光 FIAT LUX　國球的眼淚

作　　者　秀　霖
責任編輯　喬齊安
圖文排版　楊家齊
封面設計　劉肇昇

出版策劃　要有光
發 行 人　宋政坤
法律顧問　毛國樑　律師
印製發行　秀威資訊科技股份有限公司
114台北市內湖區瑞光路76巷65號1樓
電話：+886-2-2796-3638　傳真：+886-2-2796-1377
http://www.showwe.com.tw
劃撥帳號　19563868　戶名：秀威資訊科技股份有限公司
讀者服務信箱：service@showwe.com.tw
展售門市　國家書店（松江門市）
104台北市中山區松江路209號1樓
電話：+886-2-2518-0207　傳真：+886-2-2518-0778
網路訂購　秀威網路書店：https://store.showwe.tw
國家網路書店：https://www.govbooks.com.tw
總 經 銷　聯合發行股份有限公司
231新北市新店區寶橋路235巷6弄6號4F
電話：+886-2-2917-8022　傳真：+886-2-2915-6275

出版日期　2020年11月　BOD一版
定　　價　300元

國家圖書館出版品預行編目

國球的眼淚 / 秀霖著. -- 一版. -- 臺北市 : 要有光, 2020.11
面 ;　公分. -- (要推理 ; 79)
BOD版
ISBN 978-986-6992-54-4(平裝)

863.57　　109015410

讀者回函卡

感謝您購買本書，為提升服務品質，請填妥以下資料，將讀者回函卡直接寄回或傳真本公司，收到您的寶貴意見後，我們會收藏記錄及檢討，謝謝！如您需要了解本公司最新出版書目、購書優惠或企劃活動，歡迎您上網查詢或下載相關資料：http:// www.showwe.com.tw

您購買的書名：________________________

出生日期：________年________月________日

學歷：□高中（含）以下　□大專　□研究所（含）以上

職業：□製造業　□金融業　□資訊業　□軍警　□傳播業　□自由業

□服務業　□公務員　□教職　□學生　□家管　□其它____

購書地點：□網路書店　□實體書店　□書展　□郵購　□贈閱　□其他

您從何得知本書的消息？

□網路書店　□實體書店　□網路搜尋　□電子報　□書訊　□雜誌

□傳播媒體　□親友推薦　□網站推薦　□部落格　□其他________

您對本書的評價：（請填代號　1.非常滿意　2.滿意　3.尚可　4.再改進）

封面設計____　版面編排____　內容____　文／譯筆____　價格____

讀完書後您覺得：

□很有收穫　□有收穫　□收穫不多　□沒收穫

對我們的建議：________________________

____

____

____

請貼
郵票

11466
台北市內湖區瑞光路 76 巷 65 號 1 樓
秀威資訊科技股份有限公司 收
BOD 數位出版事業部

....

（請沿線對折寄回，謝謝！）

姓　名：____________________ 年齡：________ 性別：□女 □男

郵遞區號：□□□□□

地　址：____

聯絡電話：(日) ______________________ (夜) ______________________

E-mail：____